Florent Oiseau

Florent Oiseau est né en 1990. Il a été pompiste, chômeur, barman, plongeur, réceptionniste de nuit, ouvrier dans une usine de pain de mie, crêpier, surveillant de lycée et couchettiste sur le Paris-Venise. Son premier roman, *Je vais m'y mettre* (Allary Éditions, 2016), a été désigné « livre le plus drôle de l'année » et a reçu le Prix Saint-Maur en poche. Ses romans *Paris-Venise* (Allary Éditions, 2018) et *Les Magnolias* (Allary Éditions, 2020) ont tous les deux été finalistes du Prix Orange du Livre.

LES MAGNOLIAS

DU MÊME AUTEUR
CHEZ POCKET

JE VAIS M'Y METTRE
PARIS-VENISE
LES MAGNOLIAS

FLORENT OISEAU

LES MAGNOLIAS

ALLARY ÉDITIONS

MIXTE
Papier issu de sources responsables
FSC® C003309
FSC www.fsc.org

Pocket, une marque d'Univers Poche,
est un éditeur qui s'engage pour la préservation
de l'environnement et qui utilise du papier fabriqué
à partir de bois provenant de forêts gérées
de manière responsable.

ISBN : 978-2-266-31055-0
Dépôt légal : janvier 2021

1

— Ça va te faire du bien le Sud.
— De quoi ?
— Je disais : ça va te faire du bien ces quelques jours dans le Sud.
— Ah ! Ouais.
— Te faire réveiller par le chant des cigales.
— Hein ?
— Te faire réveiller par le chant des cigales.
— Tu plaisantes ? Je les déteste ! Ils commencent par chanter, c'est vrai, pour t'amadouer. Mais avant même le début du deuxième couplet, ils t'ont déjà barbé les jantes de la bagnole.

Le sèche-cheveux s'est éteint, Rico est sorti de la salle de bains, s'est posté devant moi, une serviette autour de la taille. Il tenait sa tête bien inclinée et s'enfonçait les deux tiers de l'index au fond de l'oreille.

— Les cigales, je te parle des cigales !
— Ah, pardon, j'avais compris « les tziganes ».

Le carrelage était trempé, le tapis de douche, en revanche, intact, sec au possible. Comme s'il l'avait scrupuleusement évité. Mon regard s'est perdu sur la corbeille de fruits posée sur la table de la salle à manger. Je m'en suis approché, à l'intérieur, il y avait une pomme et une douzaine de lettres de relance pour des impayés. J'ai croqué dans la pomme pendant qu'il continuait de se sécher, tout en m'offrant le détail de son anatomie, sans qu'à aucun moment la pudeur vienne l'encombrer d'éventuelles considérations à mon égard. Rico partait dans le Sud pour s'entretenir avec un réalisateur, dans l'optique de me trouver un rôle susceptible de faire décoller ma carrière d'acteur. Je ne lui avais jamais versé un centime, il ne m'avait jamais trouvé le plus petit cachet d'intermittence, mais il aimait se présenter comme mon agent. Je le connaissais depuis le collège, soit plus de vingt-cinq ans. Depuis le jour de notre rencontre, il n'avait cessé d'être mon meilleur ami, malgré les disputes, malgré la vie.

Cette pomme brillait par son acidité, j'en étais ravi. Les choses sucrées avaient tendance à m'ennuyer. Loin de ces considérations fruitières, Rico tirait comme un forcené sur la peau de ses couilles pour bien en sécher le dessous. Il la tendait comme une voile, j'avais l'impression d'assister au décollage d'un deltaplane.

— Je rentre dimanche. Passe dîner à la maison le soir, je te raconterai.

J'ai acquiescé et je suis rentré chez moi, mon trognon à la main. J'ai passé deux jours entiers à ne rien faire, ou si peu. J'attendais le retour de Rico avec impatience. Je fondais beaucoup d'espoirs sur son escapade provençale, à la rencontre de ce réalisateur inconnu qui ne voulait que moi pour son prochain film. Ma vie n'avait pas été aussi près de basculer depuis une éternité. Depuis trop longtemps, elle était aussi triste qu'une rangée de tables dressées dans un restaurant vide. Avec ma chemise blanche et mon torchon sur le bras, j'attendais qu'un événement me surprenne, qu'une personne vienne s'asseoir et me demande le menu.

J'ai regardé par la fenêtre et mangé de la purée avec du jambon. Le dehors n'avait rien à m'apprendre. Plus tard, il m'a semblé essentiel d'établir une liste des noms de poneys que j'imaginais les plus fréquemment donnés. J'ai pris le calepin qui ne me quittait jamais et je me suis lancé dans un recensement que je n'avais pas la prétention de vouloir exhaustif. Je ne savais pas bien expliquer la raison profonde de cette démarche, mais j'y voyais quelque chose relevant de l'essentiel. Le sujet m'intéressait, je voulais dresser cette liste de noms de poneys – que j'imaginais les plus fréquemment donnés – et la présenter à un directeur de centre équestre pour qu'il me réponde : « En effet, vous êtes dans le vrai. C'est troublant, mais vous êtes dans le vrai. Tous ces noms sont des noms qu'on donne aux poneys. » Je me suis creusé la tête un certain moment. Les chiffres rouges de mon réveille-matin se succédaient à une vitesse assez vertigineuse, tandis que j'affrontais les pages de mon calepin et les affres de mon imagination.

– Caramel
– Jumper
– Tonnerre
– Rusty
– Pompon
– Tornado

Une bonne heure s'était écoulée, peut-être deux, et je ne disposais que de six noms. C'était tout ce que j'avais, pas un de plus, la panne sèche. J'ai réfléchi à l'injustice qui sépare les poneys des chevaux de course, au moment de l'attribution du nom. D'un côté, Pégase de Saphir, de l'autre, Pompon. Comme si la nature ne s'était pas montrée assez injuste sur le plan physique, il fallait que l'homme en rajoute une couche. J'ai cherché sur Internet s'il existait un mouvement, un groupuscule de gens actifs, des volontaires déterminés à démocratiser le nom à particule pour chaque poney lésé par l'état civil. Rien trouvé. L'univers semblait s'en moquer.

Désarçonné – si je puis me permettre l'expression –, je suis allé voir Rosie dans sa camionnette, avec les effluves de vie, de passion et de lait pour le corps parfum ibiscus qui embaumaient le lieu. Elle s'était attaché les cheveux, ses collants filés me chuchotaient de petites saloperies licencieuses. Ça m'a coûté vingt euros, mais j'en suis ressorti plus léger. Au moment de se rhabiller, on a discuté de ça, des noms de poneys. Elle avait un avis plus tranché que le mien.

— Ce ne sont que des poneys.

Je n'étais pas moins attristé, mais disons qu'elle avait su me faire relativiser. Un discours brut, une analyse clinique. « Ce ne sont que des poneys. » Ces mots faisaient écho, résonnaient dans ma tête. Les poneys n'étaient pas conscients de l'iniquité qui les accompagnait tout au long de leur vie, c'est ce qu'il fallait se dire et continuer à exister tant bien que mal. Je l'ai prise dans mes bras et je suis rentré chez moi, convaincu par le réconfort quotidien que devait offrir son pragmatisme à toute épreuve.

Certaines choses m'atteignent sans que je sache l'expliquer, d'autres moins. Je suis capable de regarder des émissions consacrées aux pires meurtriers de l'histoire de l'humanité sans éprouver le moindre sentiment d'effroi ou de révolte, mais une serveuse en période d'essai qui fait tomber un plateau devant son patron me transperce la chair.

Le dimanche est arrivé sans que je le voie venir, alors que je n'avais rien su faire d'autre que m'avachir et bâiller. Déjà dimanche. Je l'ai su en regardant le bulletin météo, c'est là qu'ils l'ont dit. Une jolie jeune fille faisait tout un tas de mouvements circulaires avec ses mains sur la région du Limousin. Je la trouvais d'une fraîcheur salvatrice pour l'infâme paresseux que j'étais. Elle portait une robe qui lui allait à merveille et se mariait sobrement avec le vernis de ses ongles. Du semi-permanent, manucure récente, sublimée par des doigts délicats et précis dans leur travail d'indication des différentes villes de France. Ses genoux étaient merveilleux, eux aussi. Ronds et tracés, délimités mais pas trop osseux. Elle menaçait le Limousin de violentes perturbations, annonçait la minimale à Aurillac, invitait les Français à souhaiter une joyeuse fête à toutes les personnes dont le saint était fêté le lendemain, et concluait avec un « bon dimanche à tous », m'extirpant au passage de cette incroyable léthargie qui avait pris possession de mon être depuis deux jours et demi.

Tous les dimanches, je rends visite à ma grand-mère, aux *Magnolias*. J'ai mis un pantalon, et j'y suis allé, comme chaque semaine, à la même heure. J'ai marché sous une fine pluie de printemps, de celles qui chatouillent plus qu'elles ne mouillent. La grande artère de notre ville, la rue principale, était froide et déserte. Une vendeuse fumait devant un magasin de fringues ringardes, un trait de crayon délimitait le contour de ses lèvres. J'ai continué d'avancer. Je suis passé sous le pont, le passage d'un train de marchandises m'a déclenché un acouphène dont j'aurais pu me passer. Je commençais déjà à sentir l'odeur des *Magnolias*. J'avais un grillon dans l'oreille, la présentatrice météo me manquait. Devant la façade grise de l'entrée, j'ai pris une grande inspiration, comme pour apporter ici quelque chose de l'extérieur. J'ai signé le registre à l'accueil.

— Comment va votre grand-mère ?

Évelyne est la directrice du mouroir qui prend trois mille euros par mois à chaque pensionnaire en échange d'une soupe, d'une chambre minuscule et d'une toilette de sept minutes un matin sur deux. Elle regarde les gens par-dessus ses lunettes.

— Ce n'est pas vous qui êtes censée le savoir ?

J'ai souri pour laisser croire que je plaisantais. Elle m'a gratifié de son rire de bourgeoise prude – qui rêve en secret de se faire souiller toute une nuit par des adolescents issus d'un bidonville en périphérie de Bamako.

Ma grand-mère est presque aveugle, elle n'entend plus rien de l'oreille droite, à peine plus avec la gauche. Elle commence à perdre la tête, confond certains mots. Elle passe ses journées dans un endroit qui sent l'hôpital et la crèche en même temps. On la change, on lui apporte une soupe le soir, et, de temps en temps, on la lave. Mais jamais on ne la regarde. Elle ne peut plus coudre, plus lire, plus regarder la télévision, plus participer aux animations. Elle ne comprend rien de ce qui se trame autour d'elle, ne sait jamais qui lui parle, quelle est la main qui lui touche l'épaule ou la silhouette qui rentre dans sa chambre. Mais tous les dimanches, par-dessus ses lunettes, Évelyne me demande comment elle va. Elle s'attend peut-être à ce que je lui dise, enjoué, qu'elle est bientôt prête à intégrer l'équipe canadienne de bobsleigh pour les jeux Olympiques d'hiver à Toronto, mais qu'elle est encore un peu tendre dans son appréhension des trajectoires. Qu'en parallèle elle se tape un journaliste sportif qui lui fait manger des fruits de mer en Normandie après le sexe. Que ses cours de mandarin l'empêchent d'assurer une présence régulière sur le point de deal duquel elle écoule cent grammes d'amphétamines quotidiennement. Qu'elle ne tolère plus qu'un homme oublie de considérer son clitoris. Qu'elle se sent vivante.

À l'étage, on trouve des vieux entreposés sur des canapés et des aides-soignantes qui parlent entre elles. Tout ce petit monde est prisonnier de murs en placo repeints dans un jaune poussin se voulant positif, mais que l'usure provoquée par le temps a rendu morose à souhait. Il y a un chat qui se promène à l'étage, et sur lequel tout le monde marche, roule, tire. Il est d'une patience rare avec les vieux, il continue de leur faire des câlins, trouve encore la force de ronronner. À sa mort, il faudra le canoniser et l'envoyer à Rome.

La télévision n'intéresse personne, ou presque. C'est l'horloge qui lui vole la vedette, l'heure qu'il est, celle qu'il n'est pas, c'est la dernière grande préoccupation des résidents. L'heure et la température extérieure. Malgré son état, ma grand-mère est encore dans le lot des vieux plus ou moins valides.

Par temps maussade, on reste avec eux, je sers de lien, je crée de l'échange. J'écoute les récits de guerre. J'accepte volontiers les bisous humides de femmes barbues, je soupire de compassion quand on me dit que le monde il était mieux avant. Parfois, quand les aides-soignantes regardent la rediffusion d'une émission de téléréalité, il m'arrive même de changer un pansement. J'ai vu plus de pus aux *Magnolias* que durant toute mon adolescence.

Quand le ciel se montre plus clément, je prends ma grand-mère par le bras et je l'emmène dans le parc. Elle marche encore bien, c'est déjà ça. Il y a un petit étang, elle est contente de nourrir des canards qu'elle ne voit pas. De temps en temps, les canards sont en promenade de l'autre côté du point d'eau, mais je lui fais croire qu'ils sont là, alors elle jette des bouts de pain et me demande, heureuse :

— Ils ont de l'appétit aujourd'hui ?
— Des ogres.
— Hein ?
— DES OGRES !

Elle sourit, se sent utile. En réalité, elle fait juste fuir les têtards et les morceaux de pain stagnent à la surface de l'eau, comme des souvenirs qu'on voudrait oublier. Mais elle est contente, c'est tout ce qui importe.

Ce dimanche, il faisait presque beau, la fine pluie s'était arrêtée et les canards nous honoraient de leur présence. Je n'en demandais pas beaucoup plus à la vie. Un joli ciel, l'odeur du gazon tondu : heureux prémices des beaux jours qui semblaient arriver pour de bon – et le bras de ma grand-mère contre le mien. La délicate symphonie du silence s'est interrompue. Elle s'interrompait, de façon systématique, avec la même question. La même préoccupation.

— Et ton travail ?

Ma carrière se résume à un rôle dans une série de l'été, il y a dix ans. J'ai joué un cadavre. Pas n'importe lequel, celui qui annonçait la série de meurtres que le commissaire Damien allait devoir endiguer. Le mort le plus important d'une série regardée par six millions de téléspectateurs. Pas les références les plus époustouflantes du milieu, mais pas anecdotique tout de même. En revanche, depuis, rien ou presque. Quelques figurations, un peu d'intérim, beaucoup de mails envoyés, des années d'attente, la culpabilité parfois, l'espoir encore, l'argent : jamais.

— J'ai une piste, ma carrière devrait bientôt décoller.

Mis à part ma grand-mère et Rico, personne ne m'a jamais soutenu dans ma démarche. Je ne viens pas d'une famille d'artistes, chez nous les besogneux sont plus admirés que les créateurs. Personne ne perd son temps à lire un livre, les réflexions profondes sur le sens de la vie sont raillées et presque reliées à une sexualité « non-conforme ». On ne jure que par la restauration et le service. Mes parents ont un restaurant en bordure de départementale, leur vie, c'est de servir des ris de veau et nettoyer des légumes sur une toile cirée. Ils doivent penser qu'il y a trop d'épinards à équeuter pour se poser des questions existentielles sur la raison de notre passage sur terre. Nos rapports se résument aux fêtes de fin d'année.

Ils me demandent dès le mois de juillet si je mange avec eux pour le réveillon, histoire d'anticiper pour le repas, niveau quantité de chevreuil. Ils congèlent tout ce qu'ils bouffent des mois à l'avance. Le dimanche matin, mon père fait la route qui mène au *Pacha Club*, la discothèque du coin. Il part avec des sacs isothermes et une machette. Deux à trois fois dans le mois il trouve des animaux (principalement des lièvres, de temps en temps un sanglier ou un chevreuil) que des jeunes ont percutés avec leurs voitures en sortant de boîte. Il guette les bêtes qui agonisent dans les fourrés, puis, selon l'état de décomposition de l'animal, il taille dedans à la machette pour récupérer les morceaux que les mouches n'ont pas encore eu le temps d'attaquer. Ensuite, direction le congélateur. En hiver, le *Pacha Club* ferme trois mois. C'est un drame, une pénurie. Je suis à peu près persuadé que mes parents ont déjà réfléchi à l'idée d'investir dans une voiture bélier, pour rouler de nuit à cent cinquante kilomètres par heure, sans phares. Faire valdinguer du gibier par centaines, de façon orgiaque, et envoyer de la terrine pour les quelques milliards d'années qui nous séparent de l'extinction de l'univers.

Ils ne viennent jamais voir ma grand-mère aux *Magnolias*. Ils disent qu'ils n'ont pas le temps, mais je sais qu'ils seront à l'heure chez le notaire au moment de récupérer sa maison en Dordogne. Sauf gibier sur la route.

— On peut rester encore un petit peu avec les cafards ?

— Les canards. Évidemment mamie.

— Merci, c'est gentil.

Passé un certain âge, les vieux redeviennent des enfants. La même dépendance, la même forme de candeur, la même innocence. Ils sollicitent l'attention, la réclament. Ils veulent goûter, nourrir les canards. Ils aiment jouer, au point d'en oublier qu'il ne faut pas se chier dessus, comme les enfants lorsqu'ils sont pris dans l'excitation de l'instant. Leurs yeux brillent avec la même lumière, lueur un peu naïve et pleine d'espoir.

Avec ma grand-mère, on passe des heures devant l'étang, on se donne la main. Je lui passe de la pommade sur les varices de ses mollets, ça me donne l'impression de caresser un ballon de baudruche rempli de fils barbelés. Je lui lis des textes que j'ai écrits plus jeune. Je lui lis ces textes tout près de l'oreille, celle qui entend encore un peu. Elle n'imprime plus trop ce que je lui raconte, mais je crois que ces instants la bercent, l'apaisent. Quant à moi, je suis content de les lire à quelqu'un.

Je me sens presque en mission, garant des derniers moments joyeux qu'elle passe sur cette terre. À l'exception d'un oncle dépressif et de moi-même, plus personne ne vient lui tenir compagnie. Malgré tout, elle est plutôt bien lotie. Les autres résidents ne voient jamais personne. Toute l'année, ils attendent une visite qui ne vient pas. Ils ont atteint un tel degré de solitude qu'ils ont presque tous oublié leur date d'anniversaire.

Notre après-midi était encore plus douce que les précédentes. Je regardais les autres vieux, au loin, sous le porche. Ils étaient contents de pouvoir passer un peu de temps dehors, l'hiver avait été long. On leur servait le goûter. Je suis allé chercher une part de quatre-quarts et un verre de jus de pomme pour ma grand-mère. Elle a voulu qu'on partage. Le jus n'avait aucun goût et le gâteau était sec comme des pieds de Touareg, mais je savais que c'était important pour elle – qu'on partage le goûter, pas que les Touaregs s'hydratent les pieds. J'ai mangé ma part et bu la moitié du verre pour pouvoir l'avaler sans m'étouffer. Le soleil était parti se cacher derrière le clocher de l'église, mais il offrait encore ce qu'il fallait de lumière pour profiter du jardin. J'ai réuni les miettes tombées sur la blouse de ma grand-mère et je les ai jetées aux canards.

— Je t'aime.
— Moi aussi mamie, je t'aime.

C'est tombé comme la foudre. En plus doux. C'était la toute première fois qu'on se le disait. On le savait, on se le montrait, mais jamais on ne s'était aventurés à s'en faire part. À en faire part à qui que ce soit, par ailleurs. L'amour se voulait discret ou ne se voulait pas. C'était un domaine qui nous était étranger. Une coquetterie qu'on laissait aux riches, aux habitants des grandes villes, aux gens de la télévision.

— Alors, aide-moi à mourir.

J'ai failli recracher le quatre-quarts. Je n'ai pas répondu. Le silence s'est installé, on n'a plus dit grand-chose. Une heure plus tard, le jour commençait à s'en aller pour de bon. J'ai raccompagné ma grand-mère dans sa chambre, je l'ai aidée à mettre sa chemise de nuit et je l'ai assise près de sa petite table en chêne. C'est là qu'elle mangeait le soir. Un potage et une crème au caramel. J'ai saisi sa main, puis je l'ai embrassée et je suis sorti de sa chambre sans me retourner. L'accueil était désert, Évelyne était déjà rentrée chez elle.

2

Le soir, j'étais attendu à dîner chez Rico, il était rentré. Je n'en savais pas plus. Comme demandé, je suis passé chercher des flageolets et une baguette pas trop cuite. De son séjour dans le Sud, il n'avait rien voulu me dire au téléphone, j'en ai déduit que c'était plutôt bon signe. Il m'a ouvert. Son appartement était désert, on aurait dit un hangar désaffecté. Il faisait une drôle de tête, mâchouillait sa lèvre inférieure, se grattait le dessus du crâne. J'en ai déduit que c'était mauvais signe.

— Bon, j'ai vu le mec, ça ne va pas le faire.
— Mais je croyais qu'il ne voulait que moi ?
— Ah mais c'est le cas, il ne veut que toi. Mais c'est le film qui ne va pas se faire. Pour faire simple : le gars, on lui a fait à l'envers. La boîte de prod qui devait assurer les fonds s'est rétractée. Financièrement, c'est mort.
— Ah.

Il se caressait le menton, tournoyait comme un poisson dans son bocal. Chez lui, il ne restait qu'un portemanteau merdique, une glacière, des plaques de cuisson électriques dans un état déplorable, un poster d'un obscur groupe de punk auvergnat, quelques ustensiles de cuisine et de la poussière à revendre. En trois jours, il avait perdu son mobilier et moi, mes espoirs.

— En parlant de problèmes, je vais devoir me séparer de cet appartement. Enfin, c'est plutôt cet appartement qui se sépare de moi… je ne peux plus payer le loyer depuis que Rodrigue m'a quitté. Il est passé récupérer ses affaires, je ne sais pas si t'avais remarqué. Mon proprio me fout dehors. Il faut que tu m'héberges.

— Dans mon studio ?

— Je sais, c'est pas l'idéal, mais le fait de vivre ensemble, ça va nous souder. On pourra bosser. On va te trouver un grand rôle, fais-moi confiance Alain. L'idéal serait que je puisse arriver lundi prochain. J'ai juste une valise, mais j'aimerais bien, si tu le permets, venir avec mon joli portemanteau en bois flotté. Celui que j'ai rapporté de ma saison à Marrakech, là, celui-ci, sur ta droite.

J'ai jeté un regard plus que sceptique sur l'objet. Son portemanteau ressemblait à un épouvantail, il prenait une place conséquente, je n'ai pas réussi à feindre l'emballement.

— Il apportera une valeur ajoutée dans ton entrée, c'est un bel objet.

— T'as fait une saison à Marrakech ?

— À l'époque où on ne se voyait plus. J'avais eu le plan par un pote. Mais en revenant en France, les flics m'attendaient sur le tarmac et ils m'ont obligé à faire d'autres types de saisons… à Fleury, Fresnes, Varennes-le-Grand et Sequedin. C'est à ce moment que je t'ai réécrit. Quatre maisons d'arrêt en seize mois. Pour un type qui a une sainte horreur du déménagement, tu parles d'un plaisir. Enfin.

Il m'a promis que c'était temporaire, qu'il allait vite rebondir et se trouver un logement. Je n'en croyais pas un mot, lui non plus. Je l'ai regardé sans rien dire. Il a répété, encore plus convaincu que la première fois :

— Je t'assure que c'est temporaire.

J'ai continué de le regarder, toujours sans rien dire. Il m'a pris les flageolets et la baguette des mains.

— Bon, d'accord, ça se pourrait que ce soit du temporaire longue durée.

— Aucun problème. Et Rodrigue, pourquoi il t'a quitté ?

— Il me trouvait trop hétéro.

— Tu te trouves trop hétéro, toi ?

— Je ne sais pas. Il n'a peut-être pas tort. Je ne t'en ai jamais parlé, mais je ne suis pas devenu pédé par hasard.

— Comment ça ?

— C'était plus un calcul qu'une volonté rectale. Une sorte de pari sur l'avenir, si tu veux.

Rico a marqué un temps d'arrêt pour éventrer la moitié de la baguette, s'est mis à réchauffer les flageolets dans une casserole avec un noisetier de beurre, avant de les verser dans son semblant de sandwich. Il m'a ensuite encouragé à faire la même chose, poussant l'absurdité du moment à son paroxysme en me souhaitant un « bon appétit » et ajoutant « faut bien se faire plaisir » avec toute la sincérité du monde. Le dîner était servi. Il a remis le beurre dans la glacière et repris son argumentaire.

— Tu sais, un jour t'es jeune, t'es presque beau et t'es libre. Tu vis la nuit, tu traînes dans les bars, tu chasses les nanas. Tu te fous d'être riche ou pauvre. T'as des projets, des rêves. T'en parles le soir avec tes potes, autour d'une table, sur un bout de comptoir, sous un réverbère ou dans un square. Vous buvez des coups, vous fumez des joints. Vous vivez en colocation dans une baraque en bordel avec un chat que personne ne pense à nourrir et vous enchaînez les galères et les moments de joie. Vous faites des puzzles sous LSD et vivez de petites combines. Tu bosses à droite à gauche, parfois tu te castagnes avec d'autres types de la ville d'à côté. Tu fais un peu de prison. Et tu n'échangerais cette vie-là pour rien au monde. Tu ne demandes rien à personne, et pourtant, un jour, une femme te met le grappin dessus et c'est fini. T'es niqué, inutile d'essayer de te débattre. Tu l'aimes. Ou tu penses l'aimer. Tu trouves ça confortable, rassurant. Tu baises un peu par passion, puis très vite par réflexe, ou pour éviter d'avoir à jacter. Petit à petit, tu ne vois plus tes copains. Tu manges au restaurant chinois le samedi soir. Vous prenez toujours le même menu de merde. Après vous être accordés sur le fait que ce n'est pas terrible et que le service s'est détérioré, vous rentrez vous mettre sous un plaid. Une daube à la téloche, on te caresse la tête comme on le ferait avec un greffier. Un beau matin, tu lui fais un gosse, enfin, elle t'en fait un. Très vite, elle se l'accapare. Ton couple devient un « deux plus un ». On te fait comprendre que tu n'as rien porté, rien subi. Que tu ignores ce que ça représente de mettre au monde un enfant. Les écoulements vaginaux, la dilatation de ton col de l'utérus, les vergetures, les pertes de sang et de merde devant une équipe médicale, l'incontinence postaccouchement, des semaines à te pisser dessus dans les parcs sans même le sentir quand tu te baisses pour ramasser un truc. Tu ne sais rien de tout ça. Alors tu offres des fleurs. Tu achètes de la chantilly, tu fermes ta gueule. Et tu ne rêves plus.

Le constat était amer. Le jus des flageolets, mélangé à la tonne de beurre, gouttait de son sandwich, sur le sol. L'ensemble formait des petites bulles nacrées qui ressemblaient à des larmes échouées sur le carrelage.

— Tu penses que c'est la faute des femmes ? C'est pour ça que t'es devenu gay ?

— Non, c'est la faute de personne. C'est la faute de la vie et du modèle qu'on nous incite à suivre. J'ai pensé que ce serait différent avec les mecs. Qu'on serait des potes qui se font du bien, mais qui ne se cloisonnent dans rien. Mais pas tellement, en fait. Se faire prendre le fiacre pour le même résultat, tu parles d'un pari d'avenir.

On a continué de dîner à même le sol, sandwich-flageolets-beurre-confessions-beurre-larmes-beurre. Je n'avais toujours pas de rôle, mais je venais de gagner un colocataire, une recette de cuisine et un portemanteau en bois flotté qui allait apporter une valeur ajoutée à mon entrée tout en y obstruant le passage. Je suis rentré chez moi un peu déçu.

Pour retrouver mon appartement, je devais traverser la ville. Trente minutes de marche en prenant le temps de flâner. J'en ai profité pour réciter une pièce que j'avais écrite quelques années plus tôt. L'histoire d'un garde forestier qui cherche dans les bois la perruche égarée d'une comtesse. Il ne la retrouve jamais, mais il est tellement triste pour la comtesse que cette dernière tombe amoureuse de lui, en dépit de la barrière sociale qui les sépare. En apparence, c'est une belle histoire. Dans la vie on ne cherche pas beaucoup de choses pour les autres, encore moins de façon désintéressée. On se cherche un bon restaurant sur Internet, une belle destination de vacances, un boulot avec des avantages, une compagne, un compagnon, des amis, des excuses, mais on ne cherche rien pour ceux qui nous entourent. L'idée de cette pièce, c'est que la comtesse est touchée par l'intérêt qu'on lui porte (à elle et à sa perruche) indépendamment de sa fortune et se retrouve abasourdie d'éprouver des sentiments amoureux pour un homme du peuple aux mains calleuses. La dichotomie entre la raison et la passion semble être le nerf de la guerre, c'est là que j'emmène le public. Mais, finalement, à la fin de l'histoire on découvre que le garde forestier a lui-même buté la perruche d'un coup de 22 long rifle, l'a enterrée derrière son cabanon et ne prend plus son traitement contre la schizophrénie. Tout cela ne veut pas dire que l'amour est impossible entre une noble et un pauvre, ça veut simplement dire que je ne connais pas d'histoires d'amour qui se terminent bien.

À mi-chemin, je me suis arrêté dans une brasserie pour boire un demi. Le bar, c'est une excuse facile quand on n'a pas envie de rentrer chez soi. C'est confortable et accessible. Je me suis assis au comptoir et j'ai demandé une bière forte. Quelques types commentaient l'actualité, les ministres en prenaient pour leur grade. Les plus au fait allaient jusqu'à avancer qu'ils étaient payés à ne rien foutre. Sur ma droite, deux types buvaient du vin blanc. Ils le faisaient tourner dans leur verre, le sentaient, le gardaient en bouche en plissant les yeux.

— Je ne te dis pas que je suis un connaisseur, je te dis que j'aime le saint-julien, c'est tout. Quand je le bois, je suis content. J'aime ça.

— Comment tu peux l'aimer si tu n'en connais pas les caractéristiques ? Si tu ne sais pas dire ce que t'aimes chez lui ?

— C'est très simple. Tiens, par exemple. Une femme, tu ne réfléchis pas à savoir ce que t'aimes chez elle ? Tu ne te dis pas que tu l'aimes parce qu'elle te fait la meilleure potée au lard de la région ? Tu l'aimes parce que c'est comme ça. Tu ne l'expliques pas. Tant mieux pour la potée, mais en définitive, c'est juste un bonus.

— Tu compares une bouteille de vin à une bonne femme ?

— C'est peut-être que j'attends la même chose des deux.

J'ai repris une bière. Le patron, Fifi, avait la même chemise depuis quinze ans, il sentait fort – la chemise aussi. Il ressemblait à un client de son bar. En moins bien. J'ai payé ce que je devais et je suis rentré chez moi.

La nuit était paisible, comme toutes les nuits de cette ville sans âme. On avait au moins ça, le calme. Quelques marginaux qui vivotaient sur la place de l'église troublaient parfois le silence absolu qui régnait chez nous, tel un despote, mais ils semblaient absents depuis quelques jours. Il devait y avoir un festival un peu plus loin dans la région. J'ai plongé ma tête dans l'eau sale et non filtrée de la fontaine, j'ai eu froid. Je me suis dit qu'exceptionnellement j'irais voir ma grand-mère le lendemain et dérogerais à l'exclusivité dominicale de mes visites. Plusieurs fois dans la semaine, mon oncle dépressif passait la voir, une petite heure, en fin de matinée, mais elle n'avait jamais personne l'après-midi. Et, aux *Magnolias*, les après-midi donnaient l'impression de durer une éternité.

3

J'ai été réveillé par la foudre, en plein milieu de la nuit. Elle était venue éclater le ciel dans un hurlement de violence qu'une pluie faible et désorganisée ne laissait pas présager. Le fracas de l'orage avait fait le bruit d'une bombe. Mes draps sentaient le jasmin, l'heure indiquée sur le four à micro-ondes laissait entrevoir un peu de lumière à travers les rainures de la porte de la cuisine, les volets claquaient de façon irrégulière. Par ici, il était plutôt rare que le ciel se fasse entendre de la sorte.

J'ai toujours beaucoup aimé les orages. En Dordogne, l'été, ils laissent penser que la fin du monde est proche. Ils grondent, ordonnent, imposent. Chez nous, un pays pas si lointain, ils sont plus calmes, ils bourdonnent mais, en règle générale, les murs ne tremblent pas. Même nos intempéries n'ont pas de relief, elles sont à notre image.

J'ai bu de l'eau et je me suis recouché. Je fixais le plafond et je pensais à ma grand-mère. Elle aussi aimait la foudre. Elle disait que chaque détonation était une admonestation de Dieu et qu'elle était propice à confesser ses mauvaises actions. Dans l'intimité de la nuit et devant les réprimandes du ciel, il fallait reconnaître ses erreurs. La dernière goutte de pluie annonçait le pardon. L'absolution. Selon elle, le tonnerre forçait l'humilité et surtout l'introspection. Il était comme un rappel. Quand il y avait un orage, c'est que vous aviez fait quelque chose de mal et qu'il fallait comprendre et reconnaître ladite chose pour qu'il s'en aille hanter les esprits des régions alentour. Comme elle s'amusait de cette théorie, sans jamais la craindre, j'imaginais qu'elle n'avait rien d'important à se faire pardonner et que le tonnerre concernait plutôt mon grand-père ou les voisins. Enfant, j'y voyais quelque chose d'un peu anxiogène car les orages étaient parfois fréquents et ne me laissaient pas le temps de faire assez de conneries pour déterminer ce que le ciel me reprochait d'un éclair à l'autre, alors j'imaginais qu'on me sermonnait systématiquement pour la même raison – et je me torturais l'esprit pour la déterminer, sans, hélas, trouver la réponse.

Je n'ai jamais accordé trop d'importance aux signes, mais je ne les ignorais pas pour autant. Aujourd'hui, j'avais éludé la demande de ma grand-mère et, ce soir, le tonnerre venait me réveiller en plein milieu de la nuit, comme pour me faire culpabiliser et me mettre face à mes responsabilités. Elle voulait mourir, elle n'attendait plus que ça et moi je n'avais rien vu venir. Je me contentais de ma visite hebdomadaire pour me donner bonne conscience et m'octroyer le droit de fermer les yeux sur ce qu'était vraiment la réalité de ses journées. Elle souffrait. C'en était devenu insupportable.

Ma grand-mère jouissait d'un charisme incroyable. Une aura, une force mystique, impalpable. Je la savais capable d'influencer les conditions météorologiques pour m'envoyer un message dans mon sommeil et me faire comprendre qu'il fallait que je la délivre. Je me suis rendormi peu après, mais je suis à peu près sûr d'avoir rêvé d'elle.

4

J'ai ouvert les yeux pour de bon alors que le soleil se levait à peine. L'orage s'était éloigné mais la pluie nous offrait son dernier souffle. J'ai fait du café et j'ai mangé un reste de salade de pâtes. Olives noires, féta, oignons rouges et toute l'huile d'olive du monde. J'ai pris mon petit calepin, l'ai ouvert sur la page « noms de poneys que j'imagine fréquemment donnés », j'y ai ajouté :

– Texas
– Pirate

J'ai eu un doute concernant les deux noms. Aucun ne parvenait à me convaincre pour de bon. Dix minutes se sont écoulées. J'ai voulu appeler un centre équestre mais il était trop tôt. J'ai essayé de me rendormir : impossible. Le sujet me travaillait, je ne trouvais pas le sommeil. J'ai repris le calepin et rayé Pirate.

À titre conservatoire, le temps de trancher de façon définitive, j'ai maintenu Texas.

J'adore l'idée, mais, dans les faits, je dors assez peu. Pour autant, je ne profite pas de mes longues journées pour entreprendre des choses dites « constructives ». Je ne cotise pas tellement, par exemple. Depuis dix ans, j'ai rencontré autant de patrons que de dragons à trois têtes.

Chaque matin, je me lève en même temps que le soleil. Sur les conseils de Rico, je passe une heure devant le miroir à travailler mes expressions. Je me complimente aussi. Il dit que, *dans le milieu*, tous les Américains le font.

— Et on peut dire que ça ne marche pas trop mal pour eux, non ? C'est Kevin Costner qui a inventé ce truc.

Il le prononce « Cossenairrrre » avec des « r » bien de chez nous, des « r » qui raclent la gorge et suintent les allocations. Je reste assez dubitatif mais je m'exécute, j'y ai presque pris goût. Cette heure devant le miroir, je la découpe en deux. La première partie, je l'occupe à jouer différentes émotions. La peur, la stupeur, le doute, l'hébétude, la colère. Ensuite, je joue des choses plus abstraites. Je joue l'automne, l'éclosion du bourgeon, je joue le chandelier qui se consume dans un manoir des Vosges, l'acarien sceptique ou la femme délaissée – d'un directeur commercial – qui attend qu'une personne remarque son récent passage chez le coiffeur – elle n'a touché qu'aux pointes.

Je termine l'heure par des flatteries et des encouragements que je m'adresse à moi-même. Au début, je trouvais que j'avais l'air con. Désormais, je trouve toujours que j'ai l'air con, mais j'accepte l'idée. Dans la vie de tous les jours, je suis assez humble, surtout quand je me trouve avec les autres. Je ne suis pas un bavard, un vantard superficiel. En collectivité, mes envies passent au second plan. Je m'essuie les pieds, j'écoute, je pardonne, je partage volontiers. Selon Rico, cet exercice me fait prendre confiance en moi. Il dit que ça m'aide à me sentir légitime.

— Et légitime, tu l'es ! Je ne dis pas ça parce que t'es mon meilleur ami. Mais t'es un homme d'émotions, t'as un don !

— Tu crois ?

— Tu sais, on dit souvent que les acteurs ne vivent que par et pour l'image, et que sans elle, ils ne sont rien. C'est la vérité pour la grande majorité des mecs du milieu, mais ce n'est pas ton cas. Tu peux jouer dans le noir, dans le brouillard. Tu peux même jouer hors champ. Ce n'est pas donné à tout le monde. Tu captes l'intensité d'une scène avant même de la lire, tu joues avec les lumières. Tu donnes le trac à la caméra, tu rehausses le teint des maquilleuses. Mais avant tout : tu as deux bons profils. Et ça, c'est très, très rare. L'un donne l'impression d'une violence pleine de maîtrise, l'autre attendrit – sans faire preuve de faiblesse pour autant. Le monde ne pourra pas l'ignorer éternellement.

Ça fait plus de vingt-cinq ans que je me demande s'il se moque de moi, s'il est atteint d'une forme de maladie dégénérative, ou s'il dit vrai.

Une fois que mon reflet et moi-même avons fini de travailler, je sors marcher. Je marche sept à huit kilomètres par jour, sans but précis. La marche, c'est une chose qui me maintient en forme, me permet de me vider l'esprit et d'observer les différents cycles de la nature, en profitant des odeurs qui varient selon la saison. Et puis, la camionnette de Rosie se trouve à trois, quatre kilomètres de chez moi, ça joue peut-être un peu aussi. Je vais la voir entre une et deux fois par semaine. Ça dépend pas mal de mes capitaux. Elle travaille en journée, comme un agent immobilier, sauf qu'elle ne fait rien visiter d'autre que son corps potelé et qu'il faut payer avant la visite, même si l'intérieur ne vous plaît finalement pas – et que vous n'y trouvez pas la double vasque tant désirée dans la salle d'eau.

Avec Rosie, on ne discute pas tant que ça, mais on se respecte beaucoup. On s'apprivoise encore. Pendant l'acte, elle m'autorise à mettre mon masque de plongée, sans me demander d'explications. Depuis le temps, elle doit avoir des bases solides en psychologie masculine. Elle me dit que le cinéma c'est « quequ'chose » et que mon heure viendra. Elle mange parfois les mots, mais garde ceux des autres intacts sous une cloche de verre. Elle écoute, mais jamais ne répète, c'est le secret médical comme elle dit.

Ce que j'aime avec le masque de plongée, c'est qu'il rend la scène un peu floue et lointaine. J'ai l'impression d'être spectateur de ce qui se déroule. C'est un film dans lequel j'ai le droit de jouer sans passer d'audition et que je peux regarder sans payer mon entrée. En fait, je paye mon entrée.

Une fois rentré chez moi, je me fais à manger. Des légumes, principalement. J'essaye de faire attention à mon équilibre alimentaire et vu que je n'ai pas assez d'argent pour les choses qui ont du goût, aucun risque de déséquilibre alimentaire.

L'après-midi, je postule à des annonces sur Internet. Hélas, dans la région, ce n'est pas simple de trouver des tournages et je ne suis pas assez riche pour me permettre le luxe d'aller à des auditions à Paris, de payer le train aller-retour et prendre le risque de ne pas être pris. Il m'arrive de décrocher une figuration de temps à autre, mais guère plus. Une figuration c'est trois, quatre matinées avec Rosie, c'est comme ça que je calcule.

Plus tard, dans l'après-midi, je regarde les jeux à la télévision, ça m'occupe et ça me fait travailler ma mémoire. En moyenne, je trouve une quinzaine de réponses sur les trois jeux qui se succèdent. Le soir, quand il est seul et qu'il n'est pas sur une combine, je passe voir Rico. On fait des puzzles en discutant de nos envies respectives. De temps en temps, on va boire des coups, mais c'est assez rare, enfin, c'est quand on a de l'argent. Quand je le vois bâiller pour la deuxième fois, le message est passé, je le salue, et je rentre en marchant.

La marche, c'est une activité qui m'ouvre des horizons que la terne mécanique de mon quotidien ne m'autorise pas. En chemin, je réfléchis à tout un tas de choses. J'imagine la vie des gens derrière les volets, le nom des étoiles qui scintillent le plus. Je pense aux femmes qui prennent leur pied en Argentine pendant que je marche, seul dans la nuit, puis je me couche en regardant la lune que ces filles en Argentine ne verront que quatre heures plus tard, après avoir aimé avec tant de passion, au rythme d'un accordéon triste, accompagnées par une fièvre dont j'ai oublié les sensations.

5

Comme prévu, le lundi, au lieu d'aller voir Rosie, je me suis rendu aux *Magnolias*. La visite de la veille me chamboulait encore. Je n'avais eu de cesse de repenser aux mots de ma grand-mère. En arrivant, j'ai signé le registre, précisé l'heure et la date de la visite, puis j'ai pris l'ascenseur pour monter à l'étage. Le miroir était sale, mais il me rendait plus beau qu'à l'accoutumée, assombrissait mes cheveux et me donnait un côté assez mystérieux. Ainsi, j'ai décidé de prolonger le plaisir et suis monté au quatrième étage avant de redescendre au premier. Quand les portes se sont ouvertes, un vieux type attendait devant – vraisemblablement pour descendre. Une certaine classe et un joli costume mauve, bien cintré. Il m'a regardé en fronçant les sourcils. J'ai eu l'impression de l'avoir déjà croisé, mais impossible de me souvenir à quelle occasion. On s'est salués, il s'est décalé d'un mètre pour me laisser sortir, je l'ai remercié.

Je suis allé au bout du couloir, pour me rendre dans la chambre de ma grand-mère. Quelques vieux digéraient en geignant sur les canapés du coin télé, accompagnés dans cette mélodieuse complainte par les cris stridents de Mlle de Mongeois, de sa chambre, qui hurlait son envie de « baiser avec des officiers nazis ». Au même moment, pas plus dérangées que cela par le vacarme ambiant, deux infirmières lisaient, par-dessus leurs lunettes, le même magazine de presse people et tournaient les pages avec une fabuleuse synchronisation.

Deux vieilles que je connaissais étaient en train de jouer aux dominos. L'une avait un tas de pions, peut-être une quinzaine, et l'autre, seulement deux. J'ai osé une analyse de la situation qui me paraissait plutôt évidente.

— Ça sent la fin de partie, madame Cabert.
— Nous commençons à l'instant.

J'en ai déduit que la situation de Mme Cabert ne s'arrangeait pas. Depuis qu'elle avait été placée ici, elle faisait une grave dépression et plus rien ne parvenait à la rendre joyeuse. À une exception près : l'opéra. Elle était incapable de citer le nom de ses enfants mais elle vous décrivait le galbe du mollet de Noureev avec une précision chirurgicale.

— Ce n'était rien d'autre qu'un ange qui bondissait avec la légèreté d'une plume et la souplesse d'un chat.

Elle l'avait vu danser à Paris en 1961. Soixante ans plus tard, rien d'autre n'avait trouvé grâce à ses yeux. Quand elle se trouvait à l'étage, ma grand-mère insistait à chaque fois pour qu'on aille se mettre à côté d'elle. Mme Cabert n'avait pas reçu la moindre visite depuis deux ans. Pas une seule. Noureev n'était pas venu la voir non plus, mais il avait une bonne excuse, lui. Ses enfants un peu moins. Ma grand-mère le savait, alors elle tenait à partager sa visite (moi) pour lui en faire profiter et l'aider à combattre la solitude. Les gens sont solidaires quand ils se sentent proches de la mort. C'est vrai pour les clochards, c'est vrai pour les soldats. Et c'est aussi vrai pour les vieux. Quand on se trouvait tous les trois et que je faisais la conversation avec Mme Cabert, ma grand-mère ne captait rien de ce qu'on racontait, elle ne pouvait être qu'exclue, mais la satisfaction de me savoir échanger avec sa vieille amie lui suffisait. J'ai à nouveau regardé la table, aucun pion n'avait été posé.

— Dans ce cas, que la meilleure gagne !
— Merci ma belle.

Je n'ai pas relevé, je n'avais jamais eu de problème avec l'idée que je me faisais de ma virilité et, de toute façon, j'éprouvais beaucoup de fierté envers ma part de féminité – cette dernière m'ayant sauvé d'un caractère épouvantable.

J'ai traversé le couloir pour me rendre dans la chambre de ma grand-mère. J'ai entrouvert la porte, la pièce était vide. J'ai eu peur de la trouver aux toilettes et de m'exposer à une opération périlleuse, mais elle ne s'y trouvait pas non plus. Je suis allé voir les deux infirmières pour leur demander s'il y avait eu un problème.

— Votre grand-mère était au salon avec un ami. Elle doit y être encore.

— Avec mon oncle, vous voulez dire ? Enfin, son fils.

— Son fils est passé ce matin, oui, mais en début d'après-midi, elle était avec un ami.

Je ne lui connaissais pas d'amis dans le coin. Je me suis rendu dans le salon, ma grand-mère était assise à côté d'une autre dame, Yvonne. J'ai imaginé que c'était « l'ami » en question. Ma grand-mère et Yvonne ne se parlent pas, les deux sont sourdes, enfin surtout Yvonne, c'est dire comme elle est sourde. Elles se saluent en s'embrassant les mains et ensuite elles se posent l'une à côté de l'autre pour attendre ensemble que le temps passe, sans jamais avoir pu échanger le moindre mot.

J'ai avancé vers elles, en douceur, me suis penché pour me trouver à leur hauteur et j'ai embrassé ma grand-mère. En me voyant, Yvonne m'a offert un sourire, qui ne m'a pas semblé vouloir dire grand-chose, mais qui a eu le mérite de m'apaiser. Ma grand-mère s'est concentrée sur le coin gauche de son œil droit, sa seule fenêtre sur le monde, et m'a presque reconnu de suite.

— Bonjour mamie, c'est Alain.

Je me suis assis à côté de ma grand-mère. Quand je lui parlais tout près de l'oreille, elle m'entendait à merveille. Mais quand je dis tout près, il faut comprendre : dedans. Au départ, l'idée de mettre ma bouche dans son oreille, d'avoir les lèvres contre le cartilage de son pavillon, me dégoûtait un peu. C'était parfois gras et quand j'en ressortais, je donnais l'impression de m'être mis du brillant à lèvres ou d'avoir mangé un plat en sauce. Je lui ai parlé à voix basse, en articulant et décortiquant chaque syllabe. Elle sentait bon le savon.

— Je m'inquiétais, depuis hier. Ce que tu m'as dit dans le parc. Que tu voulais que je t'aide à mourir. Tu te souviens ?

— Je ne sais pas de quoi tu parles, Alain, tu sais bien que j'oublie tout. Et ton travail, alors ?

Elle oubliait tout, sauf mon travail. Je n'ai pas voulu insister, surtout qu'il s'agissait plus ou moins de la réponse que j'étais venu chercher. Hier s'était produit un déraillement éphémère, une saute d'humeur matérialisée par une envie d'en finir, mais l'idée s'était évaporée dans la mélancolie du dimanche, rien de plus.

— Les infirmières m'ont dit que tu étais avec un ami.

— Comment ?

J'ai répété. Mais elle a fait mine de ne pas comprendre ce que je lui disais. Yvonne assistait à la scène, sans même regarder dans notre direction, sans nous entendre. Les présences qui l'entouraient lui suffisaient. Son regard se perdait vers la bibliothèque. Elle souriait, imperturbable. Je ne savais rien d'elle, mais je l'avais toujours trouvée très intrigante. Elle et son silence. J'aurais aimé apprendre des choses de sa vie, les consigner dans mon carnet pour lui offrir une forme de postérité. Le passé d'une vieille muette que plus personne ne vient voir – elle non plus – doit être une bonne raison de noircir des feuilles de papier.

J'ai passé la fin de l'après-midi avec elles, c'était agréable. Après deux heures à rester figés comme trois yuccas, ma grand-mère a rompu le silence et m'a demandé si je comptais fonder une famille un jour. J'ai collé ma bouche contre son oreille.

— Je ne vais pas te mentir, ça m'étonnerait.
— C'est la meilleure chose à faire. Reste libre. Moi j'ai fait beaucoup d'erreurs qu'on ne devrait pas faire avec une famille.

Ma grand-mère – et j'imagine que c'est une exception – ne m'a jamais demandé pourquoi je n'étais pas marié, ce que j'attendais pour me trouver une bonne épouse, faire des enfants, et ce même avant de tomber dans l'escalier et d'atterrir ici. Elle ne m'a jamais mis aucune forme de pression à ce sujet, ne s'est pas offusquée une seule fois de mon éternel célibat. Je ne savais pas trop si c'était une forme de résignation, d'acceptation quant à mon choix de vie, ou une façon implicite de me faire comprendre que j'étais dans le droit chemin. J'ai collé ma bouche contre son oreille.

— Tu n'étais pas heureuse avec pépé ?
— Il a toujours été là, c'était comme un bras ou une jambe. On n'aime pas une jambe, on vit avec. Et puis, un jour, on vous l'enlève et tout devient bancal.

Elle s'est mise à rire comme une folle. Son rire me faisait fondre. Je ne l'avais pas entendu depuis qu'elle était entrée aux *Magnolias*. Yvonne ne bronchait pas. Sourire fixe et incohérent, mains appuyées sur sa canne, regard ahuri comme une personne qui a pris des acides pour la première fois et se laisse emporter par la violence du courant sans pouvoir lui résister. Ma grand-mère riait encore.

— Tu ne l'aimais pas ?
— Qui ça ?

Elle a fait semblant de ne pas m'entendre, mais en réalité, la question l'importunait. À son époque, on n'aimait pas son conjoint comme on peut l'aimer aujourd'hui. On dormait cinquante années dans le même lit, puis quelques autres sous le même couvercle, sans jamais aborder le sujet de l'amour. De nos jours, les gens font écrire des mots dans le ciel avec des avions, hurlent des chansons, jurent, pleurent pour prouver qu'ils aiment. Mais en fin de compte, ils ne restent jamais ensemble pour de bon.

J'ai raccompagné ma grand-mère dans sa chambre et j'ai attendu qu'on lui apporte sa soupe pour m'en aller. Elle n'avait pas son air triste de la veille. Un peu absente, aérienne. Pour autant, je l'ai quittée avec la même douleur que les fois précédentes et cette impression de l'abandonner pour m'en aller me divertir avec toutes sortes d'activités légères et insignifiantes, alors qu'elle allait tâtonner de longues minutes pour parvenir à trouver la chaise sur laquelle était posée sa robe de chambre. Passer un bon quart d'heure à essayer de l'enfiler, pendant que les infirmières du soir chercheraient des réponses à leurs vies sentimentales ratées dans les pages « horoscope » des revues people. Elle se brûlerait ensuite avec une soupe trop chaude sur laquelle personne n'aurait pris le temps de souffler. Puis, après une journée dans le noir, les yeux ouverts, elle pourrait enfin s'offrir un peu de répit, et une longue nuit, toujours dans le noir, les yeux fermés, cette fois.

6

Je suis sorti de là comme un fugitif. L'air, le vent, la pluie, les pervenches, tout ce qui appartenait au monde extérieur m'avait manqué. Je me suis arrêté dans la grande surface avoisinante pour faire quelques courses. La caissière du poste quatre était une Eurasienne envoûtante, avec un cou noble et un regard en coin qui promettait le bagne ou l'absolution selon les appréciations inscrites sur votre dossier. Si le jugement lui appartenait, alors les deux m'allaient. Je me suis promis qu'aucune autre personne ne toucherait à mes articles à part elle.

Plus loin, devant un stand de produits régionaux, un type en salopette faisait goûter des vins de Loire. Il a croisé mon regard et vu en moi une cible de premier choix, un animal agonisant sur la route du *Pacha Club*. Il aiguisait sa machette, sentait l'odeur du sang. Je n'ai pas eu la force d'essayer de lui échapper, le piège s'est refermé sur moi. Il souriait à s'en rompre les pommettes. Les deux mains jointes, à plat l'une contre l'autre.

— Monsieur, avec les beaux jours qui arrivent… est-ce qu'on ne se laisserait pas tenter par une petite dégustation d'un rosé d'Anjou ?

— Allez.

— Dans le milieu viticole, le rosé souffre d'une réputation un peu bâtarde. Pas assez noble pour le palais français. Des sottises. Celui-ci, vous m'en direz des nouvelles, d'autant que vous m'avez l'air d'un connaisseur.

— Assez peu, en réalité.

— Et modeste avec tout ça. Allez-y. Des arômes de groseille, de fruits rouges, presque bonbon anglais sur le retour. Vous sentez le fruit ?

Je ne sentais pas grand-chose à part du rosé tiède qui me piquait un aphte que j'avais dans l'intérieur de la joue, mais qui me faisait du bien quand même. J'ai cru bon de le garder un peu en bouche, histoire de montrer ce qu'il fallait de respect au produit et faire honneur à la réputation de connaisseur qui semblait me précéder.

— Vous sentez comme il se tient bien ? L'équilibre ? Cette rondeur ? On dirait une bulle de roublardise qui exécute des acrobaties sur une poutre d'espoir. Mais c'est un ressenti très personnel. J'imagine que vous avez le vôtre…

Je l'ai regardé, il n'arrêtait pas de me sourire, de me faire croire à une forme de complicité naissante. Il s'agissait presque d'amitié, c'était ça le message.

Je le voyais bien. Ses pommettes ressemblaient à deux grenades agricoles prêtes à exploser.

— Vous savez quoi ?

Son index s'est posé sur ses lèvres, il a regardé à droite, puis à gauche, comme pour me faire comprendre que des gens nous observaient. La confidence qui allait suivre n'était pas à la portée des badauds, des dirigeants de la grande surface et d'une bonne partie de la planète. C'était lui, c'était moi. Notre amitié se scellait ici, maintenant et pour toujours. Il allait me proposer une semaine de camping à la belle étoile, un repas sur sa table de jardin, des vacances en Camargue, une descente de la Dordogne en canoë, un match de rugby, une recette de tapenade.

— Je vous fais la troisième bouteille à 50 %, c'est un privilège que je réserve aux amateurs émérites de votre caste, monsieur. Un fin limier, on le gâte.

J'ai compris qu'il ne s'agissait pas d'amitié ni de Camargue, tant pis pour lui. Surtout qu'il était tombé sur un os et qu'il était hors de question que je lui achète une bouteille après m'avoir fait miroiter une relation privilégiée. Je n'étais qu'un énième objectif, une transaction sans saveur. Le dernier maillon d'une chaîne qu'une société capitaliste avait entrepris de dévorer en jouant la carte de l'amitié par le biais d'un représentant qui n'était, en définitive, qu'un exécutant. Un homme de main.

Il m'a servi à nouveau, m'a complimenté sur mes choix vestimentaires, assurant que le tweed était le signe distinctif des plus grands. Il m'a offert un dernier verre, m'a donné l'impression qu'il le faisait en cachette, pour la toute première fois de sa longue carrière de représentant de commerce. Qu'il était prêt à risquer son job pour moi. Il m'a tutoyé, m'a invité à faire de même. Je n'avais rien mangé de la journée depuis mon reste de salade de pâtes du matin, j'étais déjà un peu grisé.

Sans que je sache trop l'expliquer, je suis reparti avec six bouteilles, un saucisson sec et une tape dans le dos. J'étais venu pour du dentifrice et de la semoule – grains moyens. Quand je suis arrivé en caisse, l'Eurasienne du poste quatre n'était plus là. J'ai eu droit au regard frontal de Dominique du poste deux et j'ai payé mon rosé.

En rentrant chez moi, j'ai découvert Rico qui attendait sur mon palier, avec un grand sac rempli de vêtements et un portemanteau en bois flotté de la taille d'un peuplier centenaire. Je ne m'attendais pas à le trouver ici et je n'avais pas assez d'énergie pour donner le change et feindre l'enthousiasme débordant alors que je ne rêvais que de solitude et de télévision. De rosé d'Anjou, seul devant la télévision, pour être plus précis.

— T'avais oublié que je venais ?

— Hier, tu m'as dit « lundi prochain ».

— Bah, on est le prochain lundi. On ne peut pas être un lundi plus proche, étant donné que je t'ai dit ça hier dimanche et qu'aujourd'hui c'est lundi.

— Si tu m'avais dit « je viens demain », ç'aurait été plus simple.

Je pensais disposer d'une semaine pour faire le deuil de ma vie en solitaire, mais il n'en était rien. En deux jours, ma grand-mère venait de me demander un coup de main, trois fois rien, juste un peu d'aide pour la refroidir, mon seul espoir professionnel venait de tomber à l'eau sans rien éclabousser. Et mon agent, dont le portrait-robot ornait le mur de bon nombre de commissariats de la région, emménageait à la maison. Ma nouvelle vie commençait dès aujourd'hui, se conjuguait désormais au pluriel et me plongeait dans une réalité faite de miettes sur le sol et d'absence d'intimité pour les choses du quotidien. J'ai ouvert une bouteille de rosé d'Anjou.

— Il pique un peu, ton rosé, mais c'est correct. Ce grand panier de linge sale, dans une si petite salle de bains, c'est peut-être pas obligatoire, si ?
— Je l'aime bien.
— Ne me dis pas que tu continues à te planquer dedans ?
— Disons que ça va mieux, c'est juste une précaution.

Ce panier à linge, je m'y cachais quand j'étais enfant. Il fait la taille d'un bunker antinucléaire. Par nostalgie, une chose en entraînant une autre, quand j'ai emménagé, j'ai voulu l'embarquer avec moi. J'ai continué de me cacher dedans, de façon très sporadique, quand j'avais un petit coup de mou. Que je ne me sentais pas au mieux. Ou que j'avais pris certaines drogues et que j'étais persuadé que des officiers des services secrets étaient en route pour m'enlever.

Rico avait toujours trouvé que c'était une chose délirante, alors qu'à l'inverse il ne s'était jamais interrogé sur l'étrangeté de sa collection de noyaux d'olives vertes, et uniquement vertes. Une collection qui avait duré dix ans et lui avait permis de remplir un tonneau de deux cent vingt-cinq litres. Dont il n'avait rien fait.

— Maintenant que je suis là, tu ne crois pas qu'on pourrait s'en débarrasser ? Ce serait plus commode. On gagnerait de la place. Tes crises de paranoïa, c'est surtout dû à la solitude. Et au LSD.

— Je n'en prends plus.

— Les drogues hallucinogènes, j'en connais un rayon, j'en ai pris pendant quinze ans, même si tu n'en prends plus, ça laisse des traces.

— Je sais que t'en connais un rayon, c'est toi qui m'as filé mon premier buvard en me disant que c'était un nouveau produit contre la laryngite.

— N'empêche que tu ne toussais plus.

— Je ne toussais plus, mais j'ai terminé dans mon panier à linge sale.

On a mangé du blanc de poulet avec des chips, puis j'ai descendu le panier à linge sur le trottoir, alors que Rico commençait à installer ses affaires dans ma penderie.

Je disposais d'une cuisine qui pouvait se résumer à deux plaques de cuisson et un pauvre réfrigérateur. Ce frigo constituait un véritable objet de collection. Il était devenu beige avec le temps, mais à la base il était blanc comme un linceul. Mon frigo était tellement vieux qu'il devait même exister avant le froid.

La salle de bains ne ressemblait à rien d'autre qu'une cabine de douche de piscine municipale des Ardennes et mes toilettes étaient si petites qu'il était impossible de déféquer la porte fermée à moins de se raboter les genoux. En revanche, le séjour était plutôt spacieux, avec une jolie lumière jusqu'à 13 heures.

Je dormais dans mon canapé depuis toujours parce que j'aimais ça. Je ne le voyais plus comme un objet qui, déplié ou non, jouait sur mon horizontalité, mais comme un compagnon de cordée, un frère d'armes. Il m'avait accompagné durant les grandes étapes de ma vie. Il avait toujours été près de moi, sans se soucier de la saison, de mes sudations estivales, de mon instabilité mentale. Il m'avait été plus fidèle que n'importe quel être humain, si bien que je l'avais presque personnifié. Si j'avais eu l'opportunité de vivre dans un triplex, il ne me serait pas venu à l'idée d'investir dans un sommier et un matelas 100 % plume d'oie.

J'avais un petit lit d'appoint que j'ai sorti pour Rico et qui a semblé répondre à ses attentes nocturnes. J'ai mis mon canapé contre le mur de gauche, Rico a collé son lit d'appoint contre le mur de droite. En face de nous, sous la fenêtre, j'ai mis le meuble de la télévision. Je perdais en espace, mais je gagnais en symétrie.

J'ai toujours aimé ma solitude, mais Rico n'avait pas tort, mes angoisses s'atténueraient avec sa présence. Le problème avec la solitude, c'est qu'elle ternit tout. Elle amplifie la peur, fait ressurgir l'idée de la mort qui, sinon, passe inaperçue. Si Rico n'était pas là et que je faisais une crise cardiaque, seul dans mon canapé, ce serait l'odeur de putréfaction qui alerterait les voisins. Pas mon absence, pas le manque insupportable laissé par ma disparition, pas la boîte aux lettres qui déborde, pas ma désertion à la fête des voisins. Juste la puanteur de mon corps en phase de décomposition. C'est ma principale cause de souffrance. L'idée de m'éteindre dans l'indifférence, pendant que d'autres continuent d'arroser le rosbif avec le jus de cuisson.

— J'ai fait un entrepôt de produits cosmétiques bio la semaine dernière, dans la Marne. J'ai commencé à écouler la marchandise, j'ai un peu de ronds. Qu'est-ce que tu dirais d'aller boire un verre dehors pour fêter mon emménagement ? C'est pour moi.

— C'est pas à côté la Marne.

— C'est l'idée. Qui ferait trois cents bornes pour taper du maquillage et des soins hydratants sans oxydant ? Personne ne viendra fouiller par chez nous.

— Par chez nous ?

— Ici quoi, dans le coin. Rassure-toi, la marchandise est dans un box, je n'ai rien mis de suspect chez toi.

Rico, je ne lui posais pas vraiment de questions au sujet de ses activités parallèles. L'idée d'en savoir le moins possible me rassurait et je dois lui reconnaître la gentillesse de ne jamais avoir essayé de me faire tremper dans ses magouilles. J'ai accepté sa proposition.

Il est vrai, je ne sors plus beaucoup depuis quelques années. Cette ville me donne le cafard, je me tiens éloigné des tristes personnes qui l'occupent et usent leur énergie à essayer de ne pas penser au fait qu'elle nous tue tous à petit feu. Notre ville est moche, ses habitants sont moches, ses perspectives, inexistantes. Pour autant, personne n'en part. Il y a assez de commerces pour ne manquer de rien, assez de gens pour ne pas se sentir isolé, mais pas trop non plus pour perturber notre sectarisme inné. Les gens de chez nous ne partent pas en vacances et les autres ne viennent pas en vacances chez nous. On est le même nombre toute l'année.

En centre-ville, pour boire un verre, on a trois, quatre possibilités. Les ambiances sont sensiblement identiques, les analystes de bistrot boivent les mêmes breuvages, souffrent des mêmes laryngites de comptoir. Pour autant, choisir un endroit plutôt qu'un autre est un geste politique qui sera commenté avec passion et animera les débats dans les autres bars. Les conséquences d'une telle décision peuvent s'étendre sur des générations, le nombre de personnes présentes à votre enterrement peut varier selon que vous êtes fidèle ou non à l'un des bistrots de la ville. Je ne suis pas bien connu, les gens se fichent de me savoir à tel ou tel endroit. En revanche, pour Rico, c'est assez compliqué de faire un choix sans se mettre quelqu'un à dos. Les divers tenanciers ne peuvent pas se supporter et se plaisent à entretenir de vieilles rancœurs dont plus personne ne se souvient l'origine avec précision. En règle générale, pour trancher, on finit par se diriger vers le bar le plus excentré par rapport à la grande rue, le seul qui bénéficie d'un certain anonymat, chez Fifi.

On s'est mis en route et dix minutes plus tard, on se trouvait devant l'auberge. Avant d'y entrer, j'ai aperçu un vieux au comptoir, à l'aise dans un seyant costume mauve. J'ai laissé ma main sur la poignée de la porte, sans effectuer le moindre geste. Je suis resté bloqué un instant, puis ça m'est venu comme une apparition. C'était le même vieux que j'avais vu à l'étage, aux *Magnolias.* J'ai fait demi-tour. Rico m'a suivi pour me demander quel était le problème. Fifi nous regardait derrière son comptoir, le torchon à la main, l'œil méfiant.

— Le vieux, au bar. Tu pourrais me le faire picoler, savoir d'où il vient et qui il est ? Je t'attends à la maison, je t'expliquerai.

Rico n'a pas bronché. Il n'a pas posé une seule question, a poussé la porte du bar et s'est accoudé au comptoir, pile à côté du vieux. J'ai contourné le bar et je suis rentré chez moi. La vie m'avait appris à tout envisager.

En attendant le retour de Rico, j'ai regardé un reportage sur la savane et me suis mis à envier les gnous et leur migration du sud vers le nord. Cet interminable périple qu'ils entreprennent en quête de nourriture. J'y ai vu un parallèle avec ceux de chez nous qui montent à Paris pour leur carrière. L'absence de recul dans la vie du gnou m'a rendu jaloux. Je me suis dit que moi aussi j'aurais aimé partir, comme eux, lentement, guidé par mon instinct, sans me poser de questions. Parce qu'il aurait fallu le faire, que c'était ainsi, qu'il fallait quitter cet endroit avant d'y succomber. Partir d'ici, ou accepter l'idée d'y mourir. Les gnous savaient ce qu'il leur fallait, moi je ne l'avais jamais trop su. J'étais donc plus con qu'un gnou.

Rico est rentré tard. Cuivré comme il faut. Le souffle aviné. L'appartement entier sentait le rosé tiède, et pas le rosé d'Anjou. Pas le goût du fruit, pas de bonbon anglais sur le retour. Il m'a balbutié un truc en se déshabillant. Une partie de sa bite sortait de son caleçon, ce qui ternissait sa crédibilité d'enquêteur assermenté.

— Le gars ne vient pas du coin, je ne sais pas trop ce qu'il fout là, il crèche à l'auberge, chez Fifi. Je vais dormir.

Pas plus d'informations, pas moins. Il est tombé comme une pierre, s'est endormi dans la foulée. Je l'ai imité quelques instants plus tard, j'avais de la route à faire le lendemain.

7

Quand j'ai ouvert les yeux, il était tôt, mais il faisait jour. J'ai regardé sur ma droite, Rico dormait comme une souche. Les mains sur le ventre, des paupières qui paraissaient peser une tonne. Ses lèvres étaient retroussées, il ressemblait à une statuette d'art africain. Je lui ai écrit un mot pour lui dire que je partais en Dordogne.

Depuis que ma grand-mère ne l'occupait plus, j'aimais passer des moments dans sa maison. Je faisais l'aller-retour dans la journée ou alors j'y passais une nuit. Parfois deux.

Cette maison de pierre, c'était ma psychanalyse à moi. Je m'y rendais quand j'avais l'impression d'être à court de solutions. Quand la vie m'oppressait et semblait prendre un plaisir délicieux à me tracasser l'esprit. À faire battre mon cœur. Les cendres de la cheminée me rappelaient à une vie passée, à une vie de poussière, à des souvenirs brûlés, qui, réduits en escarbilles oubliées, parvenaient tout de même à faire rejaillir quelques braises sur lesquelles souffler.

J'ai pris ma voiture, il me restait un tiers de plein, j'ai évalué que c'était suffisant. En passant par les routes de campagne, c'était moins cher et pas tellement plus long qu'avec l'autoroute. J'ai pris l'autoroute quand même, juste pour avoir le bonheur de m'arrêter sur les aires de repos. Ce sont les endroits que je préfère, parce que j'ai le sentiment de pouvoir y croiser le monde entier.

Je les aime depuis toujours. Je m'y sens bien, j'ai envie de prendre un café à la machine, de consulter un guide de voyage sur les richesses du Cotentin. Je regarde les flux, je prends des notes qui me servent à établir des statistiques qui varient d'une aire à l'autre. Quand il y a un point de restauration avec un self, je prends une assiette de macédoine et je mange dans le fond de la pièce en regardant les autres hésiter entre la terrine et le pâté en croûte. Moi je ne prends que de la macédoine, mais une dose gargantuesque. La macédoine, ça sent le chagrin, je trouve que c'est un plat émouvant. Elle nous rappelle la cantine, les colonies de vacances. Les séminaires moisis organisés par des boîtes ringardes. Mais c'est avant tout un plat d'aire d'autoroute, une entrée fédératrice. Mayonnaise et légumes, quelle audace.

J'aime aussi me promener et regarder les étals de tasses imprimées, de porte-clefs dégueulasses, de peluches borgnes. J'aime regarder les femmes des autres, me promener dans les rayons frais, jeter mon dévolu sur un sandwich triangle poulet rôti-crudités, y ajouter un paquet de chips. Donner un billet de dix euros à la dame de la caisse avec son nom écrit sur un badge. Qu'elle me dise sur un ton agressif :

— Manque soixante centimes.

Et puis repartir, et m'arrêter à nouveau, à la découverte d'une autre aire, d'autres destins. Avec de nouveaux voyageurs, de nouvelles histoires. De nouvelles envies de pisser qui fusionneront pour essayer de viser et désagréger la petite pastille de Javel de l'urinoir. Cette pastille de Javel rassemble les hommes comme aucun politique ne le fera jamais. Chacun fait ce qu'il peut selon la vigueur de son jet, certains gouttent à peine, mais tout le monde apporte sa pierre à l'édifice. C'est une chose qui relève de l'objectif commun, une forme d'union nationale, un accord tacite entre hommes qui ne se rencontreront jamais, mais qui ont œuvré ensemble.

Sur une aire de repos, le champ des possibles est infini. On peut croiser l'homme le plus triste de la planète et dans la minute suivante, Madonna. Peut-être même que ce jour-là, Madonna sera l'homme le plus triste de la planète.

Un jour, sur l'aire du Bois-Mandé, je suis resté très longtemps à ne rien faire, c'était un véritable ballet, un orchestre urbain. Un défilé d'automates captivant. Pile au moment où j'allais repartir, j'ai vu une voiture familiale s'arrêter à vingt mètres de ma Fuego. Modèle récent, carrosserie impeccable. Un mec en est sorti, bel homme, rien à dire. Lunettes de soleil de marque, le polo qui va bien, le short qui ne moule pas trop la bite mais laisse tout de même apparaître un honnête paquet, les vêtements propres et bien coupés. Un enfant lui emboîtait le pas, six ans, pas plus. Blond comme les blés, heureux et fier de marcher derrière son père. Puis une femme est venue compléter le tableau. Ils allaient se chercher des sandwichs, c'était couru. La femme, je l'ai reconnue tout de suite, c'était la fille que j'avais aimée, étant jeune. Je ne peux plus prononcer son nom, j'en suis incapable.

Elle avait l'air d'être heureuse. Elle semblait avoir des choses à faire, alors que moi pas tellement, étant donné que j'étais sur l'aire du Bois-Mandé à regarder les autres vivre entre deux pleins de sans-plomb. J'ai attendu qu'ils retournent à leur voiture pour les voir repartir, soudés par l'amour. Je les entends encore rire. Les sentir aussi heureux m'a pétrifié. Depuis ce jour, je reste beaucoup moins longtemps sur les aires de repos, vingt minutes, pas plus. Sauf en cas de macédoine. Passé ce délai, on finit par croiser nos amours de jeunesse et constater qu'elles ont réussi leurs vies avec des hommes qui ont réussi leurs vies. Le problème, c'est que vingt minutes, c'est trop peu pour espérer croiser Madonna.

Je suis arrivé en début d'après-midi, j'ai garé la voiture sur la place du village et je suis directement parti me promener. J'ai pris le chemin blanc, il n'y en avait pas d'autres. J'ai dévisagé l'horizon. Le vide semblait asseoir sa suprématie tout au long de ces paysages vallonnés, pleins de courbes et de vert. Cette vue m'avait manqué.

Ici, il n'y a rien et tellement de choses à la fois. Des vies minuscules, des lapins insaisissables dans les champs de blé. Une télévision qui rompt le silence au milieu du bourg. Un ciel étoilé, des vaches, une ferme. L'ancien lavoir, les noyers sous lesquels mes grands-parents cherchaient un peu de fraîcheur, l'été venu. Des morts anonymes qui peuplent un cimetière que personne ne vient fleurir. Et notre maison de famille.

J'y ai passé toutes mes vacances depuis que je suis enfant. C'est ici que ma grand-mère vivait avant de tomber dans l'escalier. Avant qu'on soit obligés de la rapatrier par chez nous, à deux cent cinquante kilomètres de cette région si verte. Revoir la maison, le village, me submergeait d'émotions. Je ne savais pas ce que je cherchais en venant ici, l'inanité peut-être. Je suis entré dans la maison, sans savoir ce qui m'avait amené là, comme toutes les fois précédentes. Tout était resté intact depuis que ma grand-mère n'y était plus. Ses lunettes étaient encore posées sur le programme télé, ses sabots attendaient son retour sur la première marche de l'escalier qui descendait au jardin. Il faisait frais devant la cheminée. L'arrosoir était plein de toiles d'araignées et la maison sentait l'humidité et la campagne. Plus personne ne venait ici à part mon oncle Michel, le dépressif. Il s'y rendait parfois pour écrire et maudire l'humanité. Michel aime Rimbaud et l'idée du suicide, il s'est fait virer de l'Éducation nationale, et n'a jamais travaillé depuis, c'est à peu près tout ce que je sais de lui.

Je voulais toucher les affaires de mes grands-parents, sentir leur présence dans la maison. J'ai ouvert un placard, puis deux, dans le séjour. Un service à thé encore emballé, de la chicorée, un bocal rempli de gros sel, quelques conserves. Troisième placard, des classeurs avec tout un tas de papiers et un vieil album de photos. Je l'ai ouvert, les pages plastifiées faisaient un bruit électrique dès que je les tournais. Les photos m'intimidaient. Sur l'une d'entre elles, on aperçoit la fille que j'avais aimée, elle me regarde, je mange un brugnon à la table du jardin. Elle était venue passer quelques jours de vacances en Dordogne avec moi, lors d'un été. On dirait qu'elle m'aime. J'avais oublié que ces instants avaient été immortalisés. Je me demandais qui avait pu saisir l'appareil à cet instant précis. Mon grand-père était déjà mort, à l'époque.

Après le lycée, la fille que j'avais aimée a quitté notre petite ville pour partir étudier à Paris. Et moi, je suis resté dans ma province à l'attendre. À chaque fois que je prenais le train pour aller la voir, je sentais le fossé se creuser et nos mentalités évoluer, emportées par un courant contre lequel on ne pouvait avoir d'incidence. Elle découvrait la capitale, son effervescence et ses tentations, alors que moi, je restais au point de départ, prisonnier d'une terre sans avenir, sans distractions, à l'exception d'une foire, d'un cinéma en plein air (au mois d'août) et d'une brocante. Quelques saisons ont passé et mon amour pour elle ne s'est jamais atténué. Elle habitait au bout de la ligne six, dans le sud de Paris. Mais on préférait l'est parisien pour sortir. Enfin, surtout elle, car je n'y connaissais rien. Moi, je suivais, peu importe le point cardinal.

La chose avec la ligne six, c'est qu'elle comporte une partie aérienne. Au moment de passer sur le pont de Bir-Hakeim, on peut en profiter pour apercevoir la tour Eiffel, là, si proche de nous. Je crois que c'est l'endroit où elle est la plus impressionnante. Surtout si vous y passez de nuit et qu'elle scintille. La ligne six est calme, le soir, il n'est pas rare d'entrer dans un wagon vide. Dehors, la tour Eiffel semble briller pour chaque œil qui la regarde, fière et majestueuse. C'est quelque chose. Je commençais à retenir mon souffle dès la station Pasteur. La fille que j'avais aimée faisait pareil. C'était peut-être un peu tarte, mais c'était comme ça. Ce moment naïf nous unissait contre tout le reste.

Un soir, la fille que j'avais aimée n'a pas regardé la tour Eiffel. C'était au tout début de l'année 2000, on avait à peine plus de vingt ans. Les portables entraient dans nos vies. Ce soir-là, j'ai compris que tout était fini. Elle écrivait un texto et moi je regardais la Grande Dame dans sa robe de nuit. Je la regardais, seul. Avec le sentiment qu'elle me regardait aussi et partageait ma peine, le temps de quelques stations. Je suis rentré avec la fille que j'avais aimée dans le studio qu'elle louait dans une arrière-cour avec des plantes et des bicyclettes. La fille que j'avais aimée s'est mise dos à moi pour se changer et enfiler un habit de nuit, la lumière s'est éteinte dans l'appartement, on n'avait que très peu parlé sur le chemin du retour. J'attendais la sentence. Son souffle, irrégulier, trahissait une nervosité pesante. On la ressentait tous les deux.

— Tu ne l'as pas regardée, ce soir, la tour Eiffel.
— Je vois quelqu'un d'autre, Alain. Je suis désolée.

Il y a dû avoir des larmes discrètes et assez peu de mots. Aucun cri, pas d'assiettes brisées. La lumière s'est rallumée. J'ai fait mon sac et je suis parti sans qu'elle tente de me retenir. On ne retient pas le souffle qu'on expire, on le libère, on le laisse s'abandonner dans une masse absolue et effrayante sans plus jamais se soucier de son destin. J'ai marché quatre, cinq heures dans Paris. J'ai pris un bus pour me rapprocher de la gare d'Austerlitz. J'ai bu des canettes dans un square qui sentait la pisse. J'ai aimé ce moment à en crever. Je l'ai beaucoup trop aimé. J'ai réalisé que j'aimais beaucoup trop la vie, au point d'en adorer ses désillusions, sacralisant presque le plus grand désenchantement qu'il m'avait été donné de vivre, là, sur ce banc plein de chiures de pigeons. La fille que j'avais aimée mettait le pénis d'un autre homme tout au fond de sa gorge, j'étais seul face à ça dans une grande ville, et j'avais froid. Mais j'aimais ce que je vivais, car chaque millimètre, la moindre particule de mon corps, entrait en fusion, de manière brutale, frénétique. Et rien, si ce n'est la mort, n'aurait pu m'enlever cette entière communion entre mon corps et mon esprit.

J'ai remis l'album de photos dans le placard. Alors que je me perdais dans mes souvenirs, un voisin est venu taper au carreau. C'était un ami de longue date de ma grand-mère, une figure familière du village, un rempart. J'ai trouvé qu'il avait beaucoup vieilli mais je l'ai gardé pour moi. Je ne l'avais pas croisé depuis quelques années.

— Monsieur Caseneuve !
— C'est lequel celui-là ?
— Alain. Vous vous souvenez de moi ? J'étais votre coéquipier attitré lorsque vous partiez aux escargots.

Le vieux m'a remis, ou alors il m'a menti.

— Le meilleur des partenaires ! Comme le temps file, ça me donne le vertige rien que d'y penser. Je te revois encore gamin, sur les marches de la mairie. Et ta grand-mère, comment elle va ?

— On fait aller.

On a bu un thé ensemble, se remémorant quelques vieilles anecdotes, partageant des bruits de village. Je ne savais pas trop ce que je faisais ici, si je cherchais autre chose que le silence et les souvenirs. Caseneuve est rentré chez lui avec sa démarche chaloupée de paysan usé. Je suis descendu au jardin, j'y ai cueilli des radis. Je me suis demandé qui avait pu les planter. Le radis n'est pas le plus exigeant des légumes, mais il a tout de même ses impératifs. Il ne pousse jamais par hasard. J'ai ouvert une boîte de lentilles en conserve, j'ai mis les radis dedans. Après le repas, je suis monté à l'étage. Je n'ai pas osé ouvrir la porte de la chambre de ma grand-mère, je suis allé dans celle du fond pour y déposer quelques affaires. Posé sur la table de nuit, j'ai trouvé un cahier. Il paraissait appartenir à mon oncle Michel, le dépressif. Il avait une jolie écriture. Un style très lyrique, léché, bien qu'un peu pompeux par moments. C'était une sorte de journal intime, je savais que c'était très intrusif, mais je n'ai pas pu m'empêcher de le lire. Il y avait des poèmes et des textes assez sombres.

« *Et alors que la saison de l'automne se profile, que les feuilles tombent et recouvrent un sol si triste, je repense au choix de ma mère, celui-ci même qui a tué mon père.* »

J'ai bloqué là-dessus. Dans le cahier, tout était daté. Mon oncle avait écrit ces mots quelques mois plus tôt. Je ne comprenais pas à quoi il faisait allusion. Après tout, d'une famille, personne ne connaît jamais tous les secrets. Après quelques minutes d'hésitation, j'ai pensé à lui passer un coup de téléphone. Je n'avais pas le souvenir de l'avoir déjà fait. J'ai finalement renoncé. Michel avait bien le droit d'avoir son intimité, tout comme il avait le droit d'écrire ce que bon lui semblait. Je ne l'avais pas vu depuis une éternité, je m'imaginais mal l'appeler pour lui demander des comptes au sujet de textes que je n'étais pas censé lire. Je m'étais montré intrusif et c'est bien ce qu'il avait toujours cherché à fuir. L'intrusion. L'intrusion des autres, l'intrusion d'une femme, et surtout, l'intrusion de membres de sa famille avec lesquels il n'avait jamais rien voulu partager. Je le comprenais, j'aimais sa différence. Dans une certaine mesure, je lui en étais même reconnaissant. Sa singularité exacerbée avait toujours fait passer la mienne pour une forme de normalité. C'était grâce à lui que j'étais passé entre les gouttes. On devait volontiers me qualifier de paumé – ce qui n'était pas loin d'être vrai – et remettre en cause mes choix de carrière et mes talents d'acteur, mais, à l'inverse de Michel, on m'avait accepté.

Je me sentais bien dans cette maison, j'avais l'impression d'être enveloppé par une chrysalide mystique et intemporelle qui me faisait planer tout en me protégeant. De façon assez inexplicable, une chose qui me reliait à cet endroit m'ôtait l'idée omniprésente qu'aucune place n'était vraiment la mienne. J'ai reposé le cahier et je suis allé me coucher. Je n'avais pas la moindre idée de l'heure qu'il pouvait être. Une photo de ma grand-mère sur un vélo m'a donné l'envie d'aller la voir à nouveau le lendemain. Et tous les autres jours. J'ai entendu le vent souffler contre les tuiles et me susurrer des secrets, mais je ne les ai pas écoutés.

8

J'ai ouvert les yeux alors qu'il faisait encore nuit. La campagne était silencieuse, épanouie dans son habit le plus sombre. Humble, taiseuse. Je suis descendu au jardin, l'obscurité ne laissait de place qu'aux étoiles. Le ciel en était tout tacheté. Elles scintillaient en harmonie dans ce gigantesque décor de cinéma. C'était un spectacle incroyable. J'aurais pu vivre ici, dans ce village. Enfin, peut-être. J'aurais eu du bétail, j'aurais travaillé le bois. J'aurais cueilli des mûres et des fraises sauvages, appris à entretenir une relation privilégiée avec la nature, les petites choses. Chaque nuit, je serais descendu au jardin, pieds nus dans l'herbe fraîche, m'émerveiller de tous ces diamants déjà morts, et qui pourtant brillent encore. Cette vie aurait eu du sens, la mienne n'en a jamais eu.

J'ai bu de la chicorée, et, peu après, j'ai entendu le chant du coq. Puis celui des cloches. Le matin commençait à se montrer, un léger brouillard voilait la vue qu'on pouvait avoir de la place du bourg et des champs alentour. Il ne me manquait que l'odeur du café, celle du pain grillé et, enfin, le parfum d'un corps de femme encore chaud d'une nuit de sommeil. Le soleil était présent, désormais. Le boulanger venait de passer, quelques voitures s'activaient, au loin. La maison sentait le bois, le jardin sentait l'herbe. Tous mes sens étaient en éveil. J'avais envie d'être auprès de ma grand-mère. Beaucoup plus que d'habitude. J'aimais aller la voir, j'aimais sa compagnie, mais bien souvent, j'y allais à reculons. La morosité des lieux, la tristesse mélangée à l'odeur de mort, d'eau de Cologne et de merde. Tous ces vieux, autrefois jeunes et pimpants, qui avaient fini par tout oublier. Et que tout le monde oubliait en retour. Ils n'étaient plus que solitude, cachets, souffrances, couches, numéros de dossier.

Quand on voit des vieux dans ces endroits-là, en réalité, ce n'est pas eux qu'on plaint. On imagine qu'ils ont toujours été vieux, souffrants, et qu'à l'inverse nous avons toujours eu l'âge que nous avons. L'immédiateté des choses, cette photographie figée de l'instant présent, c'est ce qui provoque le déni. C'est drôle, cette impression que les vieux ont toujours été vieux. Quand on y réfléchit un peu, de façon honnête, quand on passe du temps dans les maisons de retraite, dans les hôpitaux, alors on comprend qu'on ne plaint pas les vieux, qu'on n'est pas triste pour eux. On est triste pour nous, triste de s'imaginer à leur place un jour ou l'autre. C'est toujours soi qu'on plaint le plus, et de loin.

J'ai pris une douche froide car je n'étais jamais très à l'aise avec le ballon d'eau chaude et les manœuvres qu'il nécessitait, mais je n'ai pas eu le courage de me laver le dos. J'ai continué de traîner un peu, j'ai marché dans le village. J'avais eu ce que je souhaitais. Du rien, mais du rien cathartique. Je n'en demandais pas plus. J'aurais aimé pouvoir venir ici avec une femme. Je n'explique pas bien m'en être passé toute ma vie durant. M'être passé de la présence d'une amante, m'être privé d'une compagnie, d'une oreille, d'une épaule, de l'amour. Je n'ai pas d'explications rationnelles, c'est une donnée qui n'a jamais fait partie de ma vie et dont j'ai vite intégré l'absence. J'ai aimé une femme, j'étais jeune, elle est partie. J'ai fermé la boutique, et maintenant, jeune, je ne le suis plus. Je ne sais pas si j'étais l'homme d'un amour, le héros malheureux d'une seule et unique histoire, mais en tout cas, ni le destin ni moi-même n'avons essayé de conjurer le sort, d'inverser le sens du courant.

Ma Fuego m'attendait sur la place, gracieuse, élancée comme une jument de race. Prête à en découdre avec l'asphalte. J'ai repris la route. Je suis rentré par les petites départementales, c'était agréable, les soucis me paraissaient loin. Je ne me suis pas arrêté et j'ai presque trouvé le voyage trop court.

Je suis arrivé aux *Magnolias* en fin de matinée. J'avais déjà vu des devantures de prisons plus accueillantes. J'ai eu très envie de faire demi-tour et de rentrer chez moi. Me faire des œufs à la coque avec de gigantesques mouillettes et tremper tout ça devant des émissions sordides de faits divers – j'avais une petite préférence pour les cas de cannibalisme, mais je savais me satisfaire d'un dépeceur ou d'un étrangleur multirécidiviste si la programmation l'exigeait.

Au moment de claquer la porte de la Fuego, j'ai aperçu Michel qui sortait de là. Je ne l'avais pas vu depuis des années. Il venait le matin, je venais l'après-midi et aucun de nous n'avait déjà entrepris quoi que ce soit pour déroger à cette règle – qui semblait nous convenir à l'un autant qu'à l'autre. Il ne ressemblait plus à rien. Et encore, rien, c'était déjà trop. Il traînait les pieds, sa peau était grise, ses vêtements froissés, le visage creusé par une pelleteuse de chantier. Il avait tout du type qui va en finir, qui va se laisser tomber d'une falaise et que rien ni personne ne cherchera à retenir, y compris la falaise.

— Salut Michel, tu me reconnais ?
— Je te reconnais.
— Ça fait une éternité.
— J'imagine.
— Comment tu vas depuis tout ce temps ?
— Fait aller.
— J'arrive justement de Dordogne, je sais que tu y vas aussi, de temps en temps.
— De temps en temps.

Autrefois plutôt bel homme, il était devenu repoussant et en plus il puait de la gueule. J'ai essayé de prendre des nouvelles, savoir ce qu'il pensait de l'état de sa mère et du fait que plus personne ne venait la voir, mais il ne semblait pas vouloir créer un quelconque lien avec moi.

— Cette famille est une rouille.

Je n'ai pas insisté, surtout que je n'étais pas loin de partager son avis. Il est reparti en me tournant le dos, sans manifester la plus petite émotion. J'étais à peu près persuadé que les retrouvailles avec le contrôleur qui m'avait mis une amende un soir de réveillon en 1997 auraient été plus chaleureuses. Avec mon oncle, rien. Je me demandais ce qui avait pu le rendre aussi triste, quelqu'un ou quelque chose avait bousillé ce type dans les grandes largeurs. Les médicaments et notre région s'étaient chargés d'achever le travail.

Je suis entré dans le mouroir.

Au rez-de-chaussée, quelques vieux assistaient à l'animation musicale. Une flûtiste était venue pour l'occasion. Elle essayait de jouer des airs célèbres, alors qu'une animatrice s'occupait d'aider l'assemblée à trouver le titre de la chanson ou le nom de l'interprète. *L'Internationale*, *La Marseillaise*, Lucienne Delyle, Piaf, rien n'y faisait. La flûtiste n'était pas très douée, mais surtout, les trois quarts des vieux ne la voyaient pas, ne l'entendaient pas, ou, pour les plus valides, ne parvenaient pas à déterminer s'il s'agissait d'unc flûtiste ou d'un flûtiste. D'une flûtiste ou d'un contrebassiste. D'une flûtiste ou de leur petit-fils. D'une flûtiste ou d'une part de quatre-quarts.

Un vieux mâle encore libidineux, nonagénaire espiègle, la reluquait avec appétit, faisait marcher son imaginaire, visualisait cette jolie jeune femme en train de lui souffler dans sa vieille flûte de vieux dégueulasse. Cette animation était un véritable échec, mais l'animatrice ne se démontait pas et apportait toute son énergie pour stimuler la mémoire des résidents.

Pendant ce temps, Évelyne, la directrice, s'activait derrière le bureau de l'entrée. Elle formait une nouvelle hôtesse d'accueil, une jeune fille avec de vilains ongles. De vilains ongles rongés par des études professionnelles qui l'avaient amenée à se retrouver en première ligne dans une maison de vieux, alors que son attrait pour les cosmétiques aurait dû l'envoyer derrière le standard d'une boîte spécialisée dans le fard à paupières. Elle avait vingt ans, l'œil presque réactif, et pourtant sa vie était terminée. Je connaissais déjà l'intérieur de sa future maison, le nom qu'elle donnerait à ses enfants, la race du chien qui les amuserait.

En me voyant, Évelyne m'a gratifié de son sourire hypocrite et s'est empressée de reprendre sa nouvelle employée sur un ton faussement bienveillant. Elle lui montrait quelque chose sur l'ordinateur. Une information qui se voulait simple mais que la nouvelle recrue n'avait pas encore assimilée. Elle adoptait une attitude calme pour expliquer à nouveau, et me convaincre – au passage – de sa profonde pédagogie, mais je la sentais bouillir à l'intérieur. Sa vie entière était un mensonge, un apparat destiné à berner les autres. Avec Évelyne, on devait avoir le même âge, mais elle aurait pu être ma mère. C'était une pragmatique, une mal-baisée déguisée en généreuse gérontophile. Elle s'épanouissait dans l'austérité de tailleurs mal coupés, passait ses vacances en Suisse dans des stations thermales réputées, ne suçait probablement plus son mari – lui reprochant une forme de stagnation professionnelle. Chaque jour, elle détestait encore un peu plus le contact avec les vieux. Elle se voyait dans le miroir. Les résidents les plus éclairés s'en méfiaient. Les infirmières la pourrissaient sans retenue et le kiné bottait en touche, mais faisait comprendre ce qu'il pensait d'elle quand on grattait un peu la couche de réserve qu'exigeait son CDD renouvelable.

Elle était bourrée de tics nerveux, de mimiques, d'antidépresseurs. Elle donnait l'impression de s'activer dans tous les sens mais elle brassait surtout beaucoup d'air.

À l'exception des « lointains parents » de certains vieux, elle ne devait pas tromper grand monde. Ces « lointains parents » venaient une fois dans l'année, parfois moins, et trouvaient toujours le moyen de le justifier auprès d'Évelyne. Dans sa position préférentielle, elle faisait alors semblant de comprendre, en acquiesçant avec des petits bruits très aspirés, et concluait toujours de la même manière.

— Ne vous inquiétez pas, on s'occupe bien d'eux (petits bruits aspirés). Vous faites votre possible, on le sait bien (tête inclinée). Et pour le moindre souci, n'hésitez pas à me téléphoner, vous avez mes coordonnés (yeux plissés, mains jointes, demi-sourire qui rehausse les pommettes).

Ce bal de chiens hypocrites me donnait la nausée. Ces « lointains parents » n'en avaient rien à faire qu'on chouchoute leurs vieilles tantes, leurs grands-mères, leurs cousins germains. C'est bien pour ça qu'ils ne venaient pas s'en assurer sur le terrain, parce qu'ils n'en avaient rien à faire. Et que la visite annuelle, pour les fêtes de fin d'année, leur provoquait des ulcères à l'estomac des semaines à l'avance. Ils en voulaient au patrimoine génétique qui les obligeait à se coltiner une journée entière, entourés de vieux qui s'éteignent et radotent. Ils en voulaient aux liens du sang et rabâchaient des souvenirs absurdes en guise d'arguments pour justifier l'envie de ne pas venir. Alimentaient de vieilles rancœurs familiales sur fond de jalousie et d'argent.

— Elle est bien gentille Huguette, mais si personne vient la voir, y a peut-être des raisons. Tu te souviens du Noël chez ta mère ? Elle avait fait la gueule toute la soirée !
— Et puis y en avait que pour Bruno t'façon. Bruno par-ci.
— D'ailleurs, j'attends toujours la chevalière ! Bah c'est vrai, non ? Pourquoi j'ai eu une tondeuse à gazon, moi ? Et lui la chevalière ?
— Bruno par-là.

Mais si le patrimoine génétique leur pesait, le patrimoine immobilier qui gravitait au-dessus de leurs têtes d'héritiers potentiels aidait bien souvent ces « lointains parents » à relativiser un peu ce calvaire et accepter l'idée de venir se faire violence une fois dans l'année en allant voir tante Huguette, histoire de s'assurer de toujours figurer sur le bout de papier du notaire.

Évelyne jouait le jeu devant les familles, mais ne faisait pas dans le sentimental. Je ne l'avais jamais vue pleurer un décès, s'émouvoir d'un récit de guerre. Elle aimait sa maison bourgeoise, ses arbres fruitiers. Mais le reste, ce n'était qu'un business comme un autre. Birama, un aide-soignant dont la délicatesse n'avait aucun égal, m'avait confié qu'elle faisait des économies sur tout. Le temps alloué à la toilette des vieux, l'électricité, le personnel, le nombre de gobelets pour le goûter. Un gobelet par jour et par vieux. Pour la grande majorité, leurs pensions de retraite ne couvraient que la moitié du loyer mensuel. Le reste provenait d'économies engrangées tout au long d'une vie de travail, d'une vie ouvrière, ou d'emplois moyens dans la fonction publique, mais surtout d'une vie de sacrifices et de privations. On ne vivait pas dans une région de jouisseurs et d'hédonistes. Les psychanalystes faisaient faillite par chez nous. Ici, les gens avaient travaillé sans se plaindre et sans trop se poser de questions. Ils n'étaient pas tellement partis en vacances et n'avaient quitté leur maison que pour atterrir aux *Magnolias* ou au cimetière, pour les plus chanceux. Aux *Magnolias*, ceux qui vivaient très longtemps n'avaient même plus de quoi choisir une jolie tombe pour l'étape suivante. Ils avaient tout donné à Évelyne. Les frais de linge s'élevaient à cent vingt euros pour quatre lessives dans le mois, le savon se monnayait. Et le gobelet faisait la journée, les deux repas et le goûter.

La flûtiste s'était lancée dans une interprétation très personnelle de l'œuvre de Charles Trenet, le vieux libidineux commençait à se gratter au niveau de l'aine et n'entendait plus aucun son, la fille qui s'occupait de l'animation redoublait d'efforts pour essayer de faire trouver au moins une bonne réponse. Le vieux ne se grattait plus l'aine mais ouvertement les couilles, sa bouche sans dents mâchouillait des choses qui n'existaient pas, la réinterprétation de la carrière de Trenet faisait un four, on dépassait les trente degrés dans la pièce. Évelyne était là à me sourire en me regardant par-dessus ses lunettes. Elle m'énervait chaque jour un peu plus, la flûte faisait un bruit de crissement de pneus. J'ai eu envie de crier à la petite jeune aux vilains ongles de fuir en courant, lui assurer qu'il n'était pas trop tard. Qu'elle pouvait encore partir et trouver un travail dans une grande ville, ne pas se lancer dans un crédit sur trois décennies pour s'offrir un pavillon en béton dans un endroit aussi triste. Qu'elle pouvait trouver n'importe quel autre métier dans une branche susceptible de lui plaire, dans une ville moins chiante que la nôtre, loin de cette connasse qui allait lui servir de patronne. Je lui ai rendu son sourire malgré tout et j'ai pris l'escalier.

Comme bien souvent, ma grand-mère était à l'étage, à côté de Mme Cvitanich, sa voisine de chambre. Avec Yvonne, Mme Cvitanich était la personne avec laquelle elle passait le plus de temps. Le trio était improbable, les échanges limités. Deux sourdes et une folle. Yvonne n'était pas avec elles aujourd'hui, l'étage était désert. J'ai embrassé ma grand-mère avant de saisir la main de Mme Cvitanich, ma manière de la saluer en lui témoignant ce que je lui devais de respect. Elle en a profité pour me tirer vers elle et m'avertir, l'air grave :

— On est dans une rafle.
— Comment ça, madame Cvitanich ?
— Ici, c'est une rafle. Ils vont venir nous chercher.

La première fois, j'avais été un peu décontenancé. J'en avais parlé à un infirmier qui m'avait invité à jouer le jeu, précisant tout de même d'opter pour un dénouement heureux dans le scénario que j'allais proposer. Il m'avait confié que la famille de Mme Cvitanich avait été décimée dans les camps de concentration. Qu'elle posait la question de la rafle tous les jours.

— C'est pour ça qu'il faut toujours trouver une issue positive quand vous lui répondez.

Il m'avait regardé fixement, pour être sûr que j'avais saisi les enjeux. Que l'Holocauste était un événement qui m'évoquait quelque chose. Au cas où l'envie me prenne de répondre à Mme Cvitanich « je sais bien, le train vous attend ».

J'ai pris un air de circonstance et j'ai joué le jeu. C'était mon métier après tout, la vieille n'y a vu que du feu.

— Ne vous inquiétez pas madame Cvitanich. J'ai pu avertir Évelyne, les officiers de la Wehrmacht n'ont pas eu le temps de rentrer, vous n'avez rien à craindre. Ils ont rebroussé chemin.

— Vous êtes sûr ?

— Je vous le garantis.

Je l'ai sentie soulagée, la main qui m'agrippait s'est décrispée, son corps tout entier s'est détendu. Dans mon scénario positif, j'avais donné le bon rôle à Évelyne, je ne devais pas être quelqu'un de très rancunier. « Ils ont rebroussé chemin. » Très vite, j'ai trouvé idiot de ne pas avoir dit que la guerre était finie et d'avoir ouvert la possibilité d'un potentiel retour des

Allemands devant l'entrée des *Magnolias*. J'avais offert un peu de répit, c'était déjà ça, mais la prochaine fois il faudrait peut-être que je songe à mentionner l'armistice.

Je me suis assis près de ma grand-mère, j'ai collé ma bouche contre son oreille. Je la sentais décliner chaque jour un peu plus et c'était encore plus flagrant depuis qu'elle m'avait demandé de l'aider à mourir. Elle ne remarquait même pas que je venais la voir tous les jours au lieu d'une fois par semaine.

— Je suis allé chez toi hier.
— Chez moi ?
— En Dordogne. Dans ta maison. Le jardin est beau, M. Caseneuve s'en occupe. Il t'embrasse.
— Qui ça ?
— M. Caseneuve, le voisin.

Elle m'a fait non de la tête, l'air désolé. Elle l'avait oublié. Chaque semaine, un visage familier s'effaçait de sa mémoire. M. Caseneuve était la dernière victime de ce grand ménage de printemps. Cinquante ans de voisinage et d'amitié réduits en fumée.

— Et ton travail ?

En revanche, dans ce grand ménage de printemps, les questions liées à ma carrière ne semblaient pas près d'être balayées. Elle finirait par m'oublier, par oublier son propre nom, mon grand-père, ses cinq sens, sa canne, son vocabulaire, son passé, sa vie, ses enfants, mais elle n'oublierait jamais de me poser cette question. Mon travail. Il ne resterait que lui. Aucune rupture d'anévrisme ne pouvait vaincre ma carrière d'acteur. Je me suis penché à nouveau près de son oreille.

— J'ai trouvé un rôle.

L'honnêteté avait ses limites. J'étais fatigué, las de répondre par la négative au sujet de mon travail. Je disais la vérité depuis plus de dix ans et rien ne venait jamais. C'était une façon de provoquer le destin, de la rendre fière. Elle n'imprimait plus que ça, un travail que je n'avais jamais exercé. Un métier qui ne voulait pas de moi. Mon père travaillait dans son restaurant tous les jours depuis trente-cinq ans, je n'avais jamais entendu ma grand-mère me demander quoi que ce soit à ce sujet. Elle s'en fichait du menu, des clients, des sauces, du nombre de couverts et de mon égoïste de père et de ses ris de veau. Ce qu'elle voulait, c'était que je puisse jouer dans un film, au cinéma. C'était cette idée qui l'émerveillait et aucune autre.

— C'est formidable. Pour un film ?
— Oui, un rôle pour jouer dans un film.

Elle a regardé dans ma direction et m'a touché le visage avec toute la délicatesse du monde. Il me faudrait peut-être des siècles pour poser les bons mots sur ce geste, parvenir à l'expliquer avec justesse, pour autant, sur le moment, il ne ressemblait à rien d'autre qu'une évidence. Je l'ai regardée tout au fond de ses yeux vitreux de vieille, cette sclérotique abîmée par les millions de vaisseaux qui avaient éclatés depuis si longtemps. J'ai cru voir une couche lacrymale se former. J'ai senti mon cœur battre un peu plus fort que d'habitude. L'étage nous appartenait. Avec mes mensonges, j'avais rendu heureuses les deux vieilles. J'avais un rôle pour jouer au cinéma et Cvitanich allait échapper au zyklon B. J'aurais voulu que d'autres profitent de notre bonheur, de mes mensonges bienveillants, mais il n'y avait que nous.

— C'est calme aujourd'hui.
— Ils sont tous à l'école.

C'est comme ça que ma grand-mère m'a informé que les autres résidents étaient à la messe de l'Annonciation. Ils étaient tous à l'école, ces vieux redoublants. Quelques jours auparavant, elle avait évoqué les chatons (gâteaux) qu'elle avait mangés pour le goûter. Les mots ne voulaient plus dire grand-chose pour elle. Ou alors la cantine s'était grandement détériorée. Une infirmière est passée, elle s'est mise à la hauteur de ma grand-mère.

— Vous en avez de la chance, Marthe. Trois visites aujourd'hui, rien que pour vous.

Ma grand-mère a rendu un sourire. Elle faisait ça quand elle ne comprenait pas, ou qu'elle ne voulait pas répondre. Je me suis permis de reprendre la jeune fille.

— Trois visites ?
— Vous, son fils, et un ami qui vient tous les matins depuis quelques jours.

La fille a repris son chemin, ses cheveux laissaient derrière elle une odeur de pêche blanche. Je me suis penché vers ma grand-mère.

— Tu as un ami qui vient te voir ?
— Comment ?
— Tu as un ami qui vient tous les matins, c'est l'infirmière qui l'a dit.

Elle m'a fait un signe de la main et son visage s'est refermé en l'espace d'un instant. Ce geste d'humeur m'était destiné et il se voulait très clair, presque brusque. Je devais arrêter de poser tout un tas de questions. C'était la première fois qu'elle me rabrouait de la sorte. Comme une enfant coupable d'avoir répondu à son père, dans la foulée, elle a laissé sa tête tomber sur mon épaule. Elle est restée contre moi vingt secondes, puis elle s'est redressée en grimaçant de douleur.

— J'ai oublié ma canne.
— Dans ta chambre ?
— Oui, dans ma cheminée.

Je me suis levé, la chambre-cheminée de ma grand-mère était au fond du couloir. C'était l'avant-dernière. Mme Cvitanich avait celle du fond et Yvonne celle d'en face. À force de venir, je connaissais l'organisation de ma grand-mère sur le bout des doigts. L'inclinaison que devait avoir le lit électrique, son linge de nuit, sa blouse pour traîner, celle pour les invités prestigieux, les deux verres d'eau sur la table pour le repas du soir. L'endroit pour les gâteaux, et la cachette à gâteaux – deux choses totalement différentes. Sa canne se trouvait à côté du fauteuil. C'est là qu'elle attendait quand elle ne dormait pas. Dans son fauteuil, en s'appuyant de tout son poids sur sa canne, qu'elle calait grâce au pied du lit.

J'ai récupéré la canne et je suis parti. En sortant, j'ai entendu grommeler dans la chambre d'Yvonne, juste en face. Les vieux se trompaient souvent au moment de regagner leurs espaces personnels. Certains de façon plus volontaire que d'autres. Depuis plusieurs semaines, on évoquait même un cleptomane, les pronostics et autres suspicions allaient bon train, les gourmettes se volatilisaient à un rythme effrayant mais le coupable « courait » toujours. J'étais peut-être sur le point de résoudre l'enquête, je ressentais une forme d'adrénaline.

J'ai poussé la porte et je suis tombé sur Yvonne en personne, plus bavarde que jamais. Elle semblait en vouloir à la planète entière. Elle faisait des grands gestes, fouillait dans ses tiroirs en chuchotant des petites saloperies à voix basse :

— S'ils croient que je ne sais pas qu'ils me volent mes bijoux… les salauds… M'laisserai pas faire... Vont voir.

— Vous parlez Yvonne ?

— Non !

Pendant une bonne dizaine de secondes, j'ai été incapable de dire quoi que ce soit. Je me rendais ici depuis de nombreux mois et je venais toujours saluer Yvonne. Je l'avais déjà croisée à la bibliothèque, dans le coin télévision, en bas, au restaurant, dans le jardin, avec ma grand-mère, avec les infirmiers, avec les autres résidents. Le soir, le matin, avec le docteur, à table, dans toutes les situations possibles et jamais elle n'avait prononcé le moindre mot. Par ailleurs, tout le monde la pensait bien incapable d'émettre le plus petit son et tout aussi incapable d'en capter un. Elle était sourde, elle était muette et il en avait toujours été de la sorte. Je ne savais pas si je devais parler ou me taire, je ne savais plus où me placer entre roublardise et guérison miraculeuse.

— J'ai cru que quelqu'un s'était trompé de chambre, je suis désolé Yvonne, je ne voulais pas entrer sans prévenir. Vous entendez ce que je dis ?

— Je suis sourde et je suis muette !

— Je ne le remets pas en cause Yvonne, mais comprenez mes nouveaux doutes.

— La porte.

Elle m'a fait signe de fermer la porte et de rappliquer, le ton se voulait injonctif. Je me suis exécuté sans discuter les ordres, j'avais toujours eu peur des vieilles et de leur sens de l'autorité naturel.

— Il y a deux ans, on a décidé que j'étais folle, on m'a chassée de ma maison, on m'a mise ici. Mais je ne suis pas folle ! J'ai décidé de ne plus jamais parler et de ne plus jamais avoir à écouter qui que ce soit. Voilà pourquoi je ne parle plus. Vous n'allez pas le dire aux autres ?

— Je vous le promets, Yvonne, pas même à ma grand-mère. Personne ne vous a jamais démasquée ?

— Seulement Birama. Il me fait ma toilette tous les matins, alors il sait tout de moi.

— Je ne dirai rien à personne.

Depuis deux ans, elle n'avait pas dit un mot. Une grève de la parole en guise de rébellion contre les jeunes ingrats qui l'avaient placée là pour s'en débarrasser et récupérer sa maison. Sa vengeance ressemblait à un coup d'épée dans l'eau et n'affectait pas grand monde, au contraire. Elle leur facilitait la tâche. J'ai trouvé que c'était d'une tristesse infinie. Le silence était son dernier combat et tout le monde s'en fichait. Je me trouvais face à la vengeance la plus inutile et insignifiante du monde. Pourtant, elle s'y accrochait chaque jour avec toute la force qu'il lui restait. Elle se battait seule dans un désert d'indifférence et finirait par emporter son secret dans une tombe que personne n'irait jamais visiter. Une tombe promise à une éternité de silence.

J'ai pensé que je me trouvais face à une drôle de journée. J'ai retrouvé ma grand-mère, je lui ai tendu sa canne. Alors qu'elle voulait me remercier, elle en a été empêchée par un éternuement. Malgré son grand âge, son éternuement avait fait un véritable bruit d'éternuement, j'ai tiqué là-dessus sans trop savoir pourquoi. Ça n'avait pas l'air d'une toux ou d'un malaise cardiaque, c'était un atchoum d'une pureté enfantine. Les éternuements n'avaient aucune date de péremption. Ils laissaient, en revanche, une odeur de poussière. Je lui ai chuchoté dans le creux de l'oreille.

— À tes souhaits mamie.

Elle a ri. Je me suis demandé ce qu'elle avait compris. J'ai sorti mon petit calepin de ma poche de blouson et à la page « noms de poneys que j'imagine les plus fréquemment donnés », j'ai rajouté :

– Atchoum

Les autres vieux sont rentrés de l'école, ils avaient tous oublié leurs cartables en classe. Les infirmières ont distribué le goûter. Quatre-quarts, jus de pomme, en cuisine plus personne ne croyait en la diversité alimentaire. Comme à son habitude, ma grand-mère a voulu qu'on partage, le quatre-quarts était tout aussi sec que les fois précédentes. Yvonne est revenue l'air de rien, sans dire un mot. Cvitanich semblait de nouveau inquiète, son visage s'assombrissait, elle guettait chaque personne qui sortait de l'ascenseur avec appréhension. Les infirmières lisaient leurs revues, le chat se promenait, impassible. Rien n'avait bougé, les *Magnolias* donnaient toujours les mêmes fleurs.

9

J'ai quitté ma grand-mère en milieu d'après-midi. J'avais envie d'éviter de lui dire au revoir dans sa chambre, au moment du souper. C'était plus simple de la laisser quand elle était avec les autres, sorte d'arrangement plus ou moins honnête avec ma culpabilité. Je suis rentré chez moi. Rico n'était pas là, il avait du travail cette semaine. Son coin était rangé, il avait fait la vaisselle et le ménage. J'ai estimé que j'avais de la chance de l'avoir dans ma vie. L'avant-veille, juste avant mon départ pour la Dordogne, il m'avait fait savoir qu'il était sur un coup, qu'il devait transporter une camionnette remplie de poupées dans les jours à venir.

— Des poupées ?
— Qui pissent.
— Des poupées qui pissent ?
— Et qui se changent. Quatre tenues par poupée, un sac, un biberon interchangeable que tu peux remplir toi-même et qui fait pisser ta poupée quand tu lui appuies sur le bide. Le jet de pisse est incroyable de précision, un vrai petit laser utérin. Les gamines en

sont dingues. J'en ai vingt mille qui arrivent de La Haye, à répartir sur plusieurs points de vente en France. Je vais être absent trois, quatre jours. Normalement, on a un contact à la douane, mais moi je m'en tape, je ne m'occupe que de la partie française. Si ça foire, je serai là demain. On verra bien.

« On verra bien. » La discussion s'était interrompue comme ça. Je ne m'inquiétais même plus pour lui, j'avais banalisé son travail. S'il n'était pas là, c'était que le passage à la douane s'était bien passé et qu'il était en train de sillonner la France et d'assurer ses livraisons de poupées qui pissent. Je n'aurais pas eu plus de questions à lui poser s'il avait été brancardier, mais je n'en aurais pas eu moins non plus. J'ai déambulé chez moi sans trop savoir quoi faire.

J'ai repensé à mon oncle Michel. Au cahier que j'avais découvert en Dordogne. Je m'en voulais de l'avoir ouvert, mais je regrettais aussi de ne pas en avoir lu davantage. J'étais persuadé que ces pages abritaient un tas de secrets et bon nombre de réponses à certaines questions que je ne m'étais pas encore posées.

« *Et alors que la saison de l'automne se profile, que les feuilles tombent et recouvrent un sol si triste, je repense au choix de ma mère, celui-ci même qui a tué mon père.* »

Cette phrase, en particulier, ne me quittait pas depuis que je l'avais lue. J'ai mis les jeux télévisés pour me changer les idées, mais je n'ai pas été très inspiré. Trois bonnes réponses seulement. Toute petite prestation.

Les bonnes réponses, je les braillais à voix haute devant le poste de télévision, dans l'espoir que quelqu'un m'entende et souligne mes mérites. Marié, j'aurais hurlé tous les soirs des bonnes réponses devant le poste, pour épater ma femme. Ç'aurait été ma façon à moi de lui montrer que je ne la prenais pas pour acquise et que j'avais bien l'intention de la conquérir chaque jour un peu plus que la veille, de l'épater encore et toujours. Hurler les réponses devant les jeux télévisés, lui faire à manger et me raser pour son anniversaire. J'aurais tout misé là-dessus pour consolider les fondations de notre couple.

Penser à une hypothétique vie de couple m'a donné très envie de passer du temps avec Rosie, elle était mon seul point d'ancrage depuis de nombreux mois. Rosie travaillait en journée, car elle n'aimait pas les clients du soir, en particulier ceux qui donnaient dans la boisson. Elle finissait son service vers 20 heures, ce qui me laissait trente-cinq minutes pour m'y rendre. D'ordinaire je faisais le chemin à pied, mais cette fois, le sablier ne me laissait pas le choix. J'ai pris ma Fuego et je me suis rendu dans la forêt domaniale qui entourait notre ville. C'est là qu'elle travaillait. Sa camionnette était encore présente, j'ai garé la Fuego juste derrière et je suis allé taper à la fenêtre. Elle était seule.

— Bonsoir Rosie.
— Bonsoir Alain. J'allais partir.
— Il est trop tard ?
— Pas pour toi. Tu n'as pas pris ton masque de plongée ?
— Non, pas aujourd'hui.

Rosie était une femme intuitive. Je suis monté à l'arrière, sa camionnette sentait le parfum, la cigarette, la citronnelle et le sexe. Elle m'a regardé, pleine de compassion, il lui avait fallu dix secondes pour comprendre que j'étais un peu perdu.

— Tu as envie de quoi ?
— J'aimerais juste m'allonger contre toi et te caresser un peu les seins.

Elle n'a rien demandé, s'est mise à déboutonner son chemisier, avant de s'allonger, de profil.

— Viens près de moi.

Je suis venu me lover contre elle, je lui caressais les seins avec l'extrémité des doigts, comme un gardien de musée devant une toile de maître. Tous les gardiens de musée caressent les œuvres, une fois les portes fermées et les visiteurs partis. Ils savent que c'est interdit, ils le répètent à longueur de journée, mais la transgression et l'attirance ne résistent à aucune règle. Alors, le soir venu, dans l'intimité du musée, ils touchent ces merveilles du bout des doigts. Ils se sentent privilégiés de pouvoir toucher ce que les autres regardent. Ils entrent en communion avec le peintre, avec la toile, effleurent les choses de l'immortalité. Je caressais Rosie de la même façon, avec beaucoup de douceur, elle fermait les yeux. J'avais aussi, à ma manière, l'impression d'être un élu et de goûter à un instant pas comme les autres, un instant que la vie ne parviendrait pas à faner.

— Qu'est-ce qui ne va pas, Alain ?

— Ma grand-mère m'a demandé de l'aider à mourir. J'aimerais qu'une femme m'aime. Et je suis incapable de trouver par moi-même des noms qui peuvent coller à un poney. J'établis une liste.

— J'avais un poney tout noir quand j'étais petite. Il s'appelait Cachou. Tu peux l'ajouter à ta liste.

— C'est vrai ?

— Non, je viens de l'inventer. Par contre, j'aurais bien aimé t'aimer.

— C'est vrai ?

— Oui, en revanche, ça c'est vrai.

Je n'avais pas ressenti pareille émotion pour une femme depuis une éternité. Lors des dernières années, j'avais dû coucher des dizaines et des dizaines de fois avec Rosie, mais je n'avais jamais éprouvé un tel vertige que ce soir-là, contre elle, à l'entendre me dire qu'elle aurait aimé m'aimer, pendant que je lui câlinais son incommensurable poitrine. Elle avait un accent d'ici, un pseudonyme, une odeur de vieille syndiquée, un indice graisseux problématique et tout le charme du monde.

— Et pour ma grand-mère ?

Rosie a saisi ma main, celle qui effleurait ses seins et se promenait comme une plume qui caresse le sable lors des dernières soirées d'août. Elle l'a prise et l'a fait glisser vers son intimité absolue. Je me laissais guider, extatique. Le soleil n'offrait plus qu'un léger faisceau qui venait incendier son dos nu. Ma main dans la sienne a continué sa route, s'est engouffrée sous son jean, puis sous une culotte que je ne voyais pas, mais que j'imaginais en résille et en partie transparente. Je me sentais en sécurité, comme trimballé dans une bulle de savon aussi résistante qu'un abri nucléaire, une bulle de savon pleine de liquide amniotique et de plumes d'oie dans laquelle je ne devais rien à personne. Elle a laissé ma main dans sa culotte. Mes doigts hésitants se sont dépliés, très lentement, et j'ai continué mes caresses, pianotant sur l'instrument des plus jolies symphonies. J'avais l'impression de toucher les lèvres d'un poisson-nettoyeur, ceux qui nettoient les vitres des aquariums. Rosie serrait ses cuisses, ses yeux ne s'ouvraient plus du tout. Je me contentais d'être le plus doux possible, je n'avais pas de prise, je ne voyais rien du terrain, ma main était prisonnière d'une cellule aride. Le gardien était complice.

Je ne savais pas comment utiliser le reste de mon corps, ma tête s'est retrouvée dans le creux de son cou sans que je sache trop l'expliquer. Elle suait. J'ai essayé de faire en sorte que mon souffle chaud devienne un atout au service des terminaisons nerveuses du creux de son oreille, plutôt qu'une source d'inconfort. Je m'octroyais le droit de l'embrasser, un peu, et chaque baiser semblait pourvu du bon dosage. Dans cette culotte en résille, il faisait une chaleur insoutenable, une chaleur humide, comme l'air à la fois moite et brûlant de l'océan Indien au moment de la mousson. Je ne faisais plus rien, je respirais seulement. Rosie ondulait contre mes doigts, mon autre main soutenait sa tête, je ne bougeais plus. J'ai senti son souffle s'accélérer, ce qui m'a troublé, car je ne savais pas s'il fallait que je prenne une initiative ou que je mise sur une forme de lascivité, qui, à cet instant, semblait comporter son lot de sensualité. J'ai eu peur de tout gâcher, alors je n'ai rien fait, j'ai laissé ma main entre ses jambes, et avec l'autre, j'ai tourné son visage vers moi, et je l'ai prise à pleine bouche, d'un geste sûr, limite brutal. Elle n'avait pas la force de m'embrasser, ses gémissements faisaient de l'écho dans mon palais, comme de petites vibrations indétectables. Je ne savais plus trop quelle bave appartenait à l'un ou à l'autre, mais il fallait reconnaître une forme d'homogénéité salivaire. Sa bouche dans ma bouche. Rosie s'est mise à gigoter, frénésie inénarrable, la buée recouvrait les vitres de la camionnette, je ne comprenais pas ce que j'étais en train de générer, je ne pouvais plus rien faire pour arrêter le monstre que je venais de créer, le canaliser. J'ai compris à ses inspirations qu'elle touchait au but. Rosie s'est alors saisie de ma main et l'a appuyée contre les lèvres de son poisson-nettoyeur avec beaucoup de fermeté, ma main était à plat, à plat contre sa chatte. Le flot d'une vie se déversait contre ma main, puis sur l'intérieur de ses cuisses. J'ai entendu des ultrasons pendant une dizaine de secondes, sa tête se secouait, sa mâchoire se disloquait. Et puis, soudain, le râle agonique. La délivrance tant attendue, l'averse d'une saison sèche. Son corps tout entier s'est relâché, écroulé, j'avais l'impression d'assister à la dernière étape d'une corrida. Elle a tremblé pendant une longue minute en essayant de reprendre son souffle. Ses yeux étaient ouverts à nouveau, elle cherchait de l'oxygène, l'air ahuri. Elle a sorti une bouteille d'eau de son sac et l'a bue d'un trait, avant de se tourner à nouveau vers moi.

— Pour ta grand-mère, je ne sais pas.

J'ai profité de ce moment de battement pour sortir mon calepin et ajouter à cette liste des « noms de poneys que j'imagine les plus fréquemment donnés » :

– Cachou

Rosie était en train de reboutonner son jean, j'ai mis la main à mon portefeuille, mais elle m'a fait comprendre que ce n'était pas utile. Il me semblait déplacé d'insister, alors je ne l'ai pas fait.

— Alain ?
— Oui ?
— Je suis désolée de ne pas pouvoir t'aider pour ta grand-mère.

Je suis sorti, l'air du dehors m'a giflé. J'étais encore tout étourdi de ce que je venais de vivre. J'ai pris la Fuego et je suis rentré chez moi. Il fallait que je retourne dans la maison de ma grand-mère. J'ai mangé des cornichons, leur odeur s'est mêlée à celle de Rosie, l'ensemble se voulait trop acide, leurs vinaigres ne se mariaient pas, pourtant j'étais incapable de les différencier. J'ai pris une douche, comme pour me laver de mes péchés, et j'ai repris la Fuego pour partir en Dordogne.

J'ai roulé de nuit sans m'arrêter. La maison avait la même odeur que la veille, la même odeur depuis toujours. Je suis allé au jardin et je me suis allongé dans l'herbe. Le ciel m'émerveillait à chaque fois un peu plus. Je ne l'ai pas prémédité, mais je me suis endormi là. La fraîcheur nocturne m'a réveillé, je n'avais aucune idée de l'heure qu'il pouvait être. Je suis rentré et j'ai dormi encore un peu sur le canapé. Un quart d'heure, peut-être plus. Je n'avais plus la moindre notion de quoi que ce soit, je ne savais même pas ce que je faisais, j'étais comme guidé par une entité invisible, tel un automate. Je suis allé chercher le cahier de mon oncle, puis j'ai allumé la lumière. La première page annonçait la couleur, laissait présager un optimisme débordant, contagieux.

« *Vie et mort, mais surtout mort*

L'amour est un ruisseau
La mort est un bruit sourd
La pudeur comme un buisson
De branches de buis sombres. »

J'ai tourné la page et j'ai tout lu, pendant plusieurs heures. Il n'affirmait rien de façon précise, ne mentionnait aucun nom, mais je comprenais, en filigrane, qu'il racontait sa vie, celle de notre famille, celle de ma grand-mère. Il semblait insinuer une relation adultère, des actes cruels, froids. La mort prématurée de mon grand-père. Ma grand-mère, encore. Il la détestait, c'est ce qui suintait de chacune de ses pages. Il en avait fait la responsable de tous ses malheurs, de ses déboires sentimentaux. J'ai fini par en avoir la nausée, j'ai refermé le cahier. Le matin était déjà bien entamé, j'ai englouti un bol de chicorée en réfléchissant à une manière de présenter les choses. Puis j'ai appelé Michel.

10

— Bonjour Michel, c'est Alain. Ton neveu.

— Bonjour.

— Je suis dans la maison. J'ai regardé des vieux albums, je me suis promené. Je vais rester un ou deux jours. J'ai voulu m'installer dans la chambre du haut, ça me semblait plus correct. Je suis tombé sur un cahier que j'imagine être le tien… Tu écris drôlement bien. C'est très indiscret, je suis désolé… mais je ne résiste pas à l'envie de te demander…

— J'arrive dans un peu plus de deux heures.

La communication s'est interrompue aussi sec. Chaque mot qui sortait de sa bouche était plus morne que le précédent. Au fil du temps, mon oncle était devenu un vieux glaçon et ses larmes ne le faisaient pas fondre. Une sorte de stalactite avec des sourcils très bruns.

Je suis resté à l'attendre dans la salle à manger. Dehors, il ne se passait rien. Un ciel vernal m'offrait une superbe lumière – qui mettait en évidence la poussière et les toiles d'araignées dans les moindres recoins de la maison. Mise à part notre brève entrevue de la veille, je n'avais pas vu mon oncle depuis une éternité. En réalité, je ne savais pas grand-chose de lui. Il avait vécu quelques années à Bordeaux avec une femme qui écrivait des poèmes dans les cimetières, mais quand elle l'a quitté, il est revenu dans notre coin et s'est installé dans un deux pièces qu'il ne laisse que pour venir ici, en Dordogne. Le matin, il passe aux *Magnolias* voir sa mère, mais ne s'y attarde guère. On ne se croise pas. Je ne sais pas de quoi il vit, je ne sais pas ce qu'il fait. Personne n'est jamais entré chez lui. Je sais seulement qu'il a très mal vécu sa séparation et qu'il est encore plus triste qu'avant. Il ne va pas bien, c'est une constante, mais c'est de mal en pis depuis qu'il est sorti de la maternité. Le jour de mon onzième anniversaire, il m'a certifié que sans une panne d'aiguillage sur le réseau ferroviaire allemand, il se serait déjà retrouvé sous les roues d'un train régional à Berlin-Ouest. C'était peut-être notre dernière réelle discussion. Il m'avait offert un album de Barbara. Je l'écoute encore. Comme quoi.

Je l'ai vu arriver au loin, de la place du village. Sa voiture – elle aussi – ne semblait jurer que par l'apathie, découragée de devoir le transporter. Il en est sorti tant bien que mal. Il ressemblait à un poireau triste déguisé en vieil inspecteur. Des impôts, pas de la police. Une pauvre veste de costume un peu étriquée, le cheveu gras, la démarche hésitante, un récif corallien à la place de chaque sourcil. Il titubait de morosité et de médicaments. J'ai cru qu'il ne parviendrait jamais à parcourir les cent mètres qui nous séparaient. Il allait faire un malaise cardiaque, se faire renverser par une voiture dans le virage, le turboréacteur d'un boeing 777 allait se détacher de l'appareil et s'écraser directement sur lui. Il semblait déjà mort.

— Salut Michel.
— Salut.

Alors que je m'apprêtais à lui faire la bise, il m'a tendu une main froide et moite. Ça m'a profondément dégoûté, j'ai eu l'impression que l'humidité de sa main rentrait dans les pores de ma peau et que jamais plus je ne pourrais m'en débarrasser. J'aurais voulu qu'on me la coupe et qu'on lui coupe les siennes pour les faire sécher au-dessus d'un réchaud.

— Ça va pour toi ?
— Non.
— Tu veux que je fasse du thé ?
— Soit on fait du thé et on s'échange des banalités. Soit tu vas au sous-sol chercher de la prune, et je te dis ce que tu veux savoir. Ce que tu as trouvé au sujet de ta grand-mère. Dans mon cahier.

Il a insisté sur « mon cahier », si bien que je me suis senti obligé de lui demander pardon à nouveau. Il a fait un signe de la main, comme pour me dire que ce n'était pas important. Je crois que ça l'était un peu quand même, en réalité. Je suis allé chercher de la prune à la cave, ma grand-mère la faisait elle-même, dans un autre monde. Il restait une dizaine de bouteilles étiquetées, qui macéraient ici depuis trop longtemps. « Prunes été 1995 ». J'ai cherché quelque chose de plus récent, sans succès. Je suis remonté avec l'arme du crime. La bouteille avait une deuxième peau faite de poussière, de terre et de temps. Le bouchon en liège qui nous séparait du liquide ocre semblait attendre cette délivrance depuis l'été 1995. Mon oncle m'a regardé, puis s'est contenté de dire.

— Eh bah avec ça.

Je n'ai rien répondu, je ne savais pas ce que sa phrase impliquait. Je lui ai proposé un peu de salade de lentilles avec des radis. Il m'a fait comprendre que ce n'était pas la peine. J'ai ouvert la bouteille, le bouchon a failli me sauter au visage, un fumet inquiétant en est sorti. J'ai servi deux verres à moutarde. Il était arrivé depuis quatre minutes, on avait échangé trois phrases.

— Eh bah avec ça.

Je me suis demandé combien de verres il lui faudrait pour qu'autre chose sorte de sa bouche. Il me regardait. Il avait un nez très fin, des joues creuses et le regard de ceux qui n'attendent plus rien de qui que ce soit. J'ai essayé de prendre des nouvelles, mais il a botté en touche, arguant que rien de nouveau ne venait égayer sa vie pourrie depuis environ soixante-cinq ans.

— Avant, ta grand-mère faisait aussi de la poire, et de la mirabelle.

C'était difficile de rebondir là-dessus. Il a bu son premier verre d'un trait. L'odeur me repoussait. Je me suis demandé ce que le vendeur de la grande surface, celui des produits des Pays de la Loire, aurait pu en dire. À titre personnel, je ne sentais pas le fruit, il avait dû fuir depuis bien longtemps. Je l'ai imité, j'ai bu le verre d'un trait. J'ai aussitôt regretté. J'ai eu l'impression de boire de la lave, le liquide n'avait pas coulé en moi, il était tombé, brûlant tout sur son passage, bousculant le moindre organe, martyrisant la plus petite artère. On a toussé tous les deux. Mon estomac était un petit binoclard en surpoids qui venait d'entrer au collège. La prune avait redoublé trois classes et fumait des clopes dans les toilettes en taguant des saloperies sur le proviseur. Les deux se sont croisés dans une ruelle.

— Eh bah avec ça.

On a continué sur notre lancée. Au bout du troisième verre, mon oreille droite s'est bouchée et j'ai eu l'impression de perdre entre trois et quatre dixièmes à chaque œil. Un voile obstruait ma vision. Une sensation de chaleur m'envahissait, mais c'était presque plaisant désormais, comme une enveloppe toute chaude et protectrice. La prune ne me brûlait plus, elle m'anesthésiait l'œsophage et s'emparait de ma trachée pour y faire régner sa propre loi. Mon oncle me regardait, il ne disait rien, il buvait, il toussait. Une larme a coulé sur sa joue, il n'était pas ému, seulement la puissance de la prune. Il n'a même pas pris la peine de l'essuyer. On en a bu encore. Les langues se sont déliées à mi-bouteille, enfin, surtout la sienne. Mon oncle n'était pas trop mal, mais je sentais qu'on n'allait pas tarder à sombrer.

— Ta grand-mère a eu deux vies. À l'époque, surtout en milieu rural, c'était quelque chose qui ne se produisait pas. Elle voyait un autre homme. Un homme qui vivait à trois villes d'ici. Ton grand-père l'a appris, en dernier, bien entendu. Dans les parages, tout le monde le savait depuis longtemps, sauf lui. Ta grand-mère ne se cachait même pas. Un jour, elle a réuni les affaires de ton grand-père, et lui a sommé de partir. Cette maison appartenait à sa famille, il n'a pas eu grand-chose à dire. Ton grand-père a tout fait dans cette maison, il y a laissé son énergie, sa sueur, son dos, mais elle l'a viré comme un malpropre. Ton père était déjà parti d'ici, j'avais vingt ans, je n'ai pas compris grand-chose. L'autre est venu emménager sous notre toit. Ta grand-mère n'a rien voulu expliquer à qui que ce soit. Ton grand-père lui a écrit tous les jours ou presque, pour essayer de la convaincre, pour comprendre. Je me souviens d'une de ses lettres. C'était un homme bon. Moyennement intelligent, mais plus amoureux que la moyenne. Deux signes de faiblesse. Elle ne lui a jamais répondu. Quelques mois plus tard, l'autre homme a disparu, il a quitté la maison à son tour et je ne l'ai jamais revu. Ta grand-mère est devenue horrible avec moi, et tous ceux qui essayaient de l'approcher. Les mois ont passé, ton grand-père est revenu à la maison quelque temps plus tard. Il l'aimait toujours. Il lui avait pardonné. Quand il a commencé à comprendre qu'il était le seul à aimer, il s'est laissé mourir. Elle le faisait dormir dans le séjour. Pendant des années, il ne mangeait plus, il ne travaillait plus au jardin. Il est devenu très faible sur le plan physique. Il a fini hospitalisé. Ta grand-mère n'a pas bronché, n'a fait aucun pas vers lui, n'a pas essayé, pas une fois, de faire semblant. Elle est allée le voir trois fois à l'hôpital. Les trois fois en faisant la gueule. Elle l'a laissé mourir.

J'ai resservi deux verres qui se sont occupés d'achever le travail.

— Pourquoi tu continues d'aller la voir ?
— C'est ma mère.
— Tu lui en veux ?
— J'imagine.

J'ignorais cette histoire. On m'avait toujours dit que mon grand-père était tombé malade, et qu'il était mort. Ma grand-mère évoquait son souvenir avec bienveillance, n'hésitant pas à souligner sa gentillesse, sa disponibilité, son amour des plaisirs simples, des petits bonheurs du quotidien. Faire des confitures, me promener à travers le village dans une brouette lorsque j'étais enfant, réparer une étagère bringuebalante. Je n'imaginais pas ma grand-mère capable d'admirer un autre homme, et chasser celui qu'elle avait depuis toujours. Je ne lui avais jamais imaginé une autre vie que celle que je connaissais, que j'estimais connaître, du moins. Je ne savais pas quoi penser de tout ça. La prune ne m'aidait pas à avoir un avis tranché sur la question. Je ne voulais pas que mon attachement pour ma grand-mère soit modifié d'une quelconque manière. Qu'il soit entaché par des choix qui ne me concernaient pas. Par une romance extraconjugale. Si l'adultère concernait autant de personnes, il devait y avoir une raison.

Mon oncle et moi avons plié la bouteille. J'ai fini très saoul. Mon oncle encore plus. Beaucoup plus. Il a vrillé dans les grandes mesures peu après la fin de son histoire. Comme si le récit avait accentué son ivresse, autorisé le relâchement. Pas le relâchement, non, l'abandon. L'abandon de soi, des normes et de toute forme de dignité. Tout est allé très vite. Il s'est d'abord mis à tituber et avancer des théories incohérentes sur la vie extraterrestre et les jardins de l'Élysée. Ensuite, il a enlevé sa veste, puis sa chemise. Il avait une pilosité ingrate. Deux longues touffes de poils sur chaque téton et quelques-uns sous le nombril. Il était très maigre, si bien qu'on voyait ses côtes avec précision, comme les carcasses de dinosaures dans les musées consacrés à la paléontologie. Il balbutiait des choses et d'autres, passant d'un sujet au suivant sans aucun lien. Il parlait fort, devenait exubérant, riait sans raison, faisait tourner sa chemise par-dessus sa tête. Ce n'était pas une mue, c'était une métamorphose. Je ne le connaissais que triste et morose. Taiseux et dépressif. Mais la prune l'avait transformé en ivrogne de foire.

— Autre bouteille !
— Je crois qu'on a notre compte, Michel.

Il s'est levé. Il essayait de tenir droit, son ventre partait en avant, ses épaules pointues, elles, tiraient son corps vers l'arrière. J'étais assis en face de lui, la table nous séparait. Il a fermé un œil, persuadé que le problème venait de l'excentricité d'avoir les deux ouverts. Il s'est appuyé des deux mains sur la table et s'est penché vers moi. J'ai cru que ses coudes allaient se disloquer et tomber sur le carrelage.

— Regaaarde ça.

Il a puisé dans ses réserves les plus profondes pour se remettre à peu près droit, puis il a baissé son pantalon avec une main, en grommelant des choses inaudibles. Je ne comprenais pas la démarche, mais j'en voyais suffisamment pour savoir que je ne voulais pas en voir plus. Cette « initiative » avait tout de la mauvaise idée. Je l'ai invité à se rhabiller.

— Non, non, nooon.

Quand il a eu son pantalon au niveau des chevilles, sa capacité de mouvements (déjà bien restreinte) s'est réduite de moitié et il s'est écroulé en arrière dès la première tentative de déplacement. Sa tête a frappé le sol de manière assez violente, un bruit sourd. J'ai bien cru que le choc serait suffisant pour finir ma soirée avec un médecin légiste dépêché en urgence. Mais non. Telle une anguille, il s'est tortillé au sol, presque ragaillardi par sa chute. Il avait un corps de la couleur de la farine et portait un slip de pauvre type. Je peux me permettre ce procès vestimentaire, j'avais le même, mais avec les rayures dans l'autre sens.

J'ai essayé de venir à son secours, de l'aider à se relever, mais il a pris ma démarche pour une insulte suprême et, de façon agressive, m'a intimé de me rasseoir. Je me suis rassis, j'avais l'impression de rêver. L'anguille se débattait toujours, elle était même parvenue à enlever ses chaussures. Elle bavait, braillait. C'était un drôle de spectacle. Parfois, mes yeux se perdaient sur sa voûte plantaire jaune paille qui tranchait singulièrement avec la pâleur du reste de son corps. Un œuf sur le plat, mal cuit, gigotant sans aucune consistance, il m'apparaissait ainsi.

— Regaaarde-moi !

Il continuait de m'invectiver. La prune avait créé un monstre. C'était à la fois la scène la plus triste et la plus merveilleuse de toute mon existence. Il défiait toutes les lois, déjouait tous les pronostics, redonnait de l'espoir à tous les ratés de l'univers. L'anguille s'est débattue avec ses jambes pour s'extraire de son pantalon, mais semblait prise dans une toile d'araignée géante. Comme englué, chaque geste devenait une lutte farouche, il soufflait fort, suintait. Son vocabulaire, d'ordinaire plutôt riche, s'appauvrissait de façon effarante.

— Beu, beu, beu, baaaah.

Je le regardais, assis à la table. Il ne relâchait pas ses efforts, mon oncle était un alpiniste de l'extrême, un combattant au front, un animal traqué. Plus je le voyais faire, et plus je commençais à l'aimer. Il me faisait ressentir un tas d'émotions, j'étais dans un stade plein à craquer, bouillonnant, un stade acquis à la cause d'un athlète difforme et non adapté. Mais un athlète avec un cœur énorme. Après dix minutes insoutenables, dix minutes d'un combat acharné, l'obstacle du pantalon a pu être franchi. Je l'ai senti relâcher la pression. Il avait réussi. J'avais désormais un oncle en slip, allongé sur le carrelage, qui gesticulait en rampant sur le dos, à bout de forces. J'en étais presque ému, il avait vaincu.

— C'est pour çaaa que je vais maaal. Pour ça qu'elle m'a quittéééé !

Il appuyait le trait sur les voyelles. Ce n'était pas encore fini, ce n'était pas qu'une histoire de pantalon. Il essayait de me faire passer un message, je devais me tenir prêt. Je le contemplais. En une fraction de seconde, d'un geste brusque, il a retiré son slip. Je n'ai pas eu le temps de me tourner, je n'ai même pas essayé. Il m'avait supplié de regarder et de rester assis, je lui devais bien ça, je devais le soutenir et comprendre la raison de tous ses malheurs. J'ai regardé ce qu'il essayait de me montrer, mais je ne voyais qu'une imposante toison pubienne. Une sorte d'éponge métallique de poils. Rien d'autre que de la broussaille désordonnée.

— Regaaarde ! Tu le vois mon péniiis ? Non, tu ne le vois paaaas ! Personne ne le voiiiit !

De ma position, je n'en voyais pas, c'était un fait. J'en étais navré, mais je ne pouvais pas l'inventer, je devais partager son constat : je ne voyais pas son pénis. J'ai essayé de trouver les mots pour tirer quelque chose pouvant s'apparenter à une conclusion, essayer de faire avancer le débat, sans me montrer trop catégorique pour autant.

— Tu n'en as pas du tout ?
— Mais merde ! Meeerde ! Meeeeerde !

Je n'avais pas posé la bonne question, pas trouvé les bons mots. Il sanglotait, toujours allongé sur le carrelage, nu comme un ver.

— Si, putain, siii ! Meeerde !

Avec ses deux mains, il a écarté l'espèce de gigantesque bouquet de persil qui lui servait de pubis, et là, il en a extrait une sorte de bribe de quelque chose. Une phalange, un lobe d'oreille. Un petit lardon avec un chapeau de cow-boy. J'ai fait comme j'ai pu pour dédramatiser, mais je n'avais jamais vu une chose pareille de toute ma vie.

— Aucuuuune femme ne veut de moiii !
— Michel, les femmes s'en foutent. T'es un homme génial, érudit, sensible. Ton pénis de môme ne changera jamais ça.

J'ai tenté de me montrer rassurant, mais je n'en croyais pas un mot. L'érudition ne rattrapait pas tout, ne faisait pas de miracles. Il avait l'anatomie intime d'un bébé babouin. D'un bébé babouin pas épargné par la nature. Il était au sol, il pleurait. J'ai fait fi des consignes précédentes et me suis levé pour le couvrir et l'installer dans le canapé. La scène devenait, cette fois, plus triste que merveilleuse. J'ai contourné la table et je me suis penché vers lui. C'est le moment qu'a choisi M. Caseneuve pour faire irruption dans la pièce. Il était venu m'apporter des tomates de son jardin. Il avait vu la Fuego sur la place. Il savait que je conduisais une Fuego et que j'aimais les tomates.

Notre maison donnait sur la rue, de plain-pied. La porte d'entrée était restée plus ou moins entrouverte. Ici, on avait l'habitude de rentrer chez les gens, il en avait toujours été de la sorte, le village formait, en réalité, une sorte de grande colocation. Quand j'ai tourné la tête, il était trop tard, j'étais penché, prêt à relever mon oncle. Caseneuve a eu un mouvement de recul, il a déposé les tomates sur la table. J'ai compris à sa tête ce qu'il pensait venir d'interrompre. J'ai fait non de la tête, je n'avais pas meilleure plaidoirie à cet instant précis.

— C'est Michel, il n'est pas au mieux.
— Je ne l'avais pas reconnu… depuis le temps… euh… désolé du dérangement… j'apportais des tomates du jardin… et… enfin voilà. Je vais y aller.

Mon oncle, pris d'une fulgurance, a remarqué la présence d'une tierce personne dans la pièce, mais n'a pas semblé troublé pour autant.

— C'est quuiii le vieuuux ?

J'ai raccompagné M. Caseneuve à la porte, tout en présentant mes excuses pour la scène qu'on venait de lui offrir. J'ai évoqué la prune et la tristesse pour justifier ma démarche incertaine et l'anguille énucléée qui geignait sur le carrelage. J'en ai rajouté une couche en expliquant que Michel était atteint d'une profonde dépression, qu'on avait opté pour une cuite thérapeutique. Il ne m'a pas répondu grand-chose, je le sentais abasourdi.

— C'est moi qui suis désolé… j'aurais dû frapper… j'ai entendu du bruit… c'est que je ne pensais pas que…

Je me suis douté qu'il ne « pensait pas que ». Je ne « pensais pas que », moi non plus, il y a quelques heures. Dans la pièce voisine, l'anguille invectivait. J'avais de plus en plus de difficultés à ne pas sombrer aussi dans une ivresse crasse et indomptable. Je luttais contre moi-même pour sauver l'honneur familial, pour sauver notre image. Michel voyait les choses autrement.

— Il est paaasséééé où le vieuuuux ? Il veut que je lui montreee ma chaaatte ?
— Désolé monsieur Caseneuve. Je vais retourner m'occuper de lui.
— Oui, oui.
— Merci pour les tomates.

Caseneuve est parti sans rien dire. Je suis retourné dans le séjour, j'ai relevé Michel et je l'ai installé sur le canapé. Je n'avais pas la force d'essayer de l'amener dans une des chambres du haut. Je l'ai rhabillé comme j'ai pu et je l'ai allongé, il ne se débattait pas. Même s'il avait essayé, ça n'aurait pas changé grand-chose.

— Elle a trahi papa. Elle a trahi papa. Tu comprends ?

Je ne savais pas quoi répondre. Trois minutes plus tard, il dormait. La nuit venait à peine de tomber pour de bon. J'ai regardé par la fenêtre, vers la place du village. Le réverbère éclairait le grand arbre, les deux avaient envie de pleurer. J'ai bu beaucoup d'eau et je suis allé me coucher dans la chambre du haut. Ma grand-mère me manquait.

11

L'alcool m'a réveillé en plein milieu de la nuit. J'étais en sueur, j'avais des vertiges et j'étais complètement déshydraté. Je sentais mon cœur battre dans mon épaule. Je manquais d'air, j'avais sans cesse l'impression de devoir prendre de longues inspirations pour que mes poumons aient assez d'oxygène pour me maintenir en vie. J'ai bu de l'eau jusqu'à m'en étouffer, puis je me suis lavé le visage avant de descendre. Michel dormait sur le canapé, il n'avait pas bougé. Je ne l'entendais même pas respirer. J'ai pris son pouls. Il était vivant. C'était une bonne nouvelle. Dehors, le noir complet paradait et imposait sa loi sur un territoire impuissant. L'obscurité oppressante de la campagne, la nuit, c'est une chose terrifiante et sublime à la fois.

D'un coup, j'ai eu très faim. Mon ventre s'est transformé en un bain d'acide, avec des remous et un trou béant qu'il fallait essayer de combler. J'ai mangé les tomates de M. Caseneuve avec du gros sel et je me suis allongé sur le carrelage pour trouver un peu de fraîcheur. Mon corps tremblait. J'ai attendu comme ça jusqu'au petit matin le réveil de mon oncle, le regard rivé sur le plafond. Michel a ouvert les yeux peu avant 7 heures. Il a inspecté la pièce et m'a trouvé fusionnant avec le sol.

— Que s'est-il passé ?

Je me suis contenté de désigner la bouteille de prune, sur la table.

— Eh bah avec ça.

Michel s'est assis, je lui ai apporté un verre d'eau, il n'a pas trouvé utile de me remercier. Je n'en attendais pas moins. Il s'est touché le dessus de la tête avec la paume de la main, a senti une bosse de la taille d'un œuf de perdrix et m'a regardé en quête d'explications. Il avait presque pris des couleurs pendant la nuit.

— Tu t'es cogné en allant te coucher.
— Qu'est-ce qu'on a fait ?
— On a bu la bouteille, on a parlé, puis tu es allé dormir.
— Je vais rentrer chez moi.

Selon toute vraisemblance, il ne se souvenait pas de son spectacle d'art contemporain. Je voyais bien que ce n'était pas feint, son regard ne menait nulle part. J'ai pris soin de garder quelques détails pour moi.

— Tu ne te souviens peut-être pas, mais tu m'as raconté pour mamie. Et la mort de pépé.

— Tu as eu ce que tu voulais savoir. Maintenant je peux rentrer chez moi.
— Elle m'a demandé de l'aider à mourir. Il y a trois jours.

Michel n'a pas réagi. Pas un cil n'a frémi. Il s'est gratté le genou. J'ai eu peur que le genou ne se désagrège comme du parmesan vingt-quatre mois. J'ai attendu une réponse qui n'est jamais venue.

— Je crois qu'elle a aussi demandé à quelqu'un d'autre. Enfin, je spécule, mais tu pourrais peut-être m'aider à éclaircir cette histoire. C'est un vieux, je l'ai croisé dans le centre, puis aux *Magnolias*. Un ami m'a renseigné, il crèche dans une auberge en ville, chez Fifi, tu connais sûrement.
— Je ne sors jamais.
— Ce serait l'occasion. Tu lui connais des amis susceptibles de lui rendre visite ?
— Il y a un voisin, mais il habite ici, pas loin de la place, M. Caseneuve. Enfin, s'il est toujours en vie, je ne l'ai pas vu depuis une éternité.

Il évoquait Caseneuve, impassible, détaché. Comme un vieux souvenir. Il en faisait un fantôme, une hypothèse, n'éludait pas un éventuel décès, alors que dix heures auparavant il lui avait proposé de lui montrer « sa chatte » entre deux tomates du jardin, dans cette même pièce.

— Ce n'est pas lui, c'en est un autre.
— Alors je ne vois pas.

— Tu pourrais m'accompagner, ce soir, et me dire si cet homme t'évoque quelque chose. C'est peut-être son ancien compagnon. Celui qui est venu vivre ici pendant plusieurs mois.

— Il y a quarante ans de cela, je ne promets pas de le reconnaître.

Il a accepté de m'aider comme il l'aurait fait pour un déménagement. Parce qu'il s'ennuyait et que l'ennui lui apportait des idées noires. Il détestait les autres, mais les autres lui manquaient quand même un peu. Il devait en avoir marre d'écrire sur le suicide dans son appartement minable. Je lui proposais une activité, en somme. Mais l'envie de mourir de sa mère, en revanche, ça ne semblait pas lui parler. Il lui en voulait toujours. Je lui ai proposé de rester encore un peu, le temps de récupérer nos esprits et d'attendre quelques heures avant de reprendre la route. Il a accepté mais ne m'a pas décroché un mot de toute la matinée. Il a passé son temps à lire et à écrire dans son carnet. Ensuite il s'est mis à regarder par la fenêtre en joignant ses mains dans son dos, le regard lointain. Il a fait ça pendant une heure, immobile. C'est très long une heure à faire ça, immobile. Une énorme mouche bourdonnait sur le carreau qu'il fixait, mais il ne semblait pas vouloir lui ouvrir. Le bruit de l'insecte m'insupportait autant que le silence de l'anguille. Mon oncle restait stoïque. J'ai imaginé qu'il cherchait dans l'horizon des réponses à l'ingratitude de son anatomie. Il devait attendre qu'un cumulonimbus lui chuchote à l'oreille des choses réconfortantes au sujet de sa quasi-absence de pénis. Peut-être était-il un ange ? Ou une mouche.

— Si quelqu'un t'offrait un poney, tu l'appellerais comment ?

— Oraison du soir.

— Tu n'as pas quelque chose qui fasse plus poney ?

— C'est en hommage à un poème de Rimbaud.

— Il n'en a pas écrit un autre qui s'appelle « Panpan » ou « Chaussette » ?

Michel m'a regardé avec ce mélange acide de mépris et d'indifférence. Puis a fini par me répondre.

— Non, Arthur Rimbaud n'a écrit aucun poème qui s'appelle « Panpan » ou « Chaussette ».

J'ai sorti mon petit calepin du sac de voyage qui m'accompagnait partout, et, à la page « noms de poneys que j'imagine les plus fréquemment donnés », j'ai rajouté :

- Caramel
- Jumper
- Tonnerre
- Rusty
- Pompon
- Tornado
- Texas
- ~~Pirate~~
- Atchoum
- Cachou
- Oraison du soir

J'étais extrêmement dubitatif au sujet de ce dernier ajout, j'ai refermé mon calepin. Pourtant, après réflexion, c'était bien ce que je cherchais à éviter : cloisonner les poneys dans un enclos étriqué fait de noms ridicules et castrateurs. Il fallait que les mentalités évoluent et « Oraison du soir » était peut-être l'avancée la plus significative d'une cause qui venait de naître. Michel s'est à nouveau mis devant la fenêtre, les mains dans le dos, il ignorait tout du changement radical qu'il venait d'opérer dans mon étude des noms de poneys. La mouche s'est posée sur son oreille, il n'a pas bougé. J'ai apprécié le fait de ne pas être armé.

— On y va ?
— D'accord.

J'ai pris soin de fermer la maison, après avoir vérifié trois fois que tout était en ordre. D'ordinaire je n'étais pas si prévoyant mais c'était une manière de prolonger un peu l'instant. Je ne savais pas quand j'y reviendrai. Peut-être jamais, peut-être le lendemain. Nous sommes descendus vers la place du village. La maison de M. Caseneuve donnait pile dessus, j'ai vu mon oncle la regarder. J'ai eu très peur qu'il soit tenté de passer dire bonjour, mais sa misanthropie s'est chargée de cette brève hésitation et il s'est engouffré dans sa vieille bagnole sans dire un mot.

— Je t'appelle ce soir.
— Oui.
— Tu seras toujours d'accord pour m'aider ?
— Oui.

À mon tour, j'ai démarré le contact. Les deux heures de route m'ont paru durer une éternité, à tel point que je n'ai même pas pris le temps de m'arrêter sur une aire de repos. Je ne l'avais pas fait à l'aller non plus. L'odeur impersonnelle d'un self commençait à me manquer. Je suis arrivé chez moi, lessivé. Je transpirais de la prune, mon cœur s'était mué en noyau. En chemin, j'avais envoyé un message à Rico pour le prévenir de mon retour. Il n'était pas tombé pour trafic de poupées qui pissent et il semblait excité à l'idée de me voir. J'ai subi les trois étages avant de toquer à ma porte. Il m'a ouvert, un sourire jusqu'aux tempes. Ses joues étaient encore plus bouffies que d'ordinaire, son bonheur l'avait rendu tout rond.

— Dans mes bras.

Je n'y ai pas mis l'enthousiasme le plus franc, mais je ne me suis pas débiné non plus et me suis laissé glisser entre ses gros bras velus. Il rayonnait et je savais par expérience que sa mission de la semaine n'y était pour rien. J'ai imaginé qu'il avait nettoyé un siphon, changé les piles de la télécommande ou qu'il m'avait cuisiné un lapin à la moutarde et que ce prétexte était suffisant pour justifier une franche accolade. Un motif on ne peut plus légitime pour marquer des retrouvailles de colocataires séparés depuis quatre-vingt-quatre heures. J'ai ouvert mes bras à mon tour. Il a posé sa tête contre mon épaule et m'a chuchoté quelque chose à l'oreille.

— Je t'ai trouvé un rôle !
— Tu plaisantes ?

— Pas avec ces choses-là. Bon, c'est un rôle particulier, très technique. Mais tu as pas mal de texte. Tu peux marquer les esprits avec ce personnage. C'est une journée à cent vingt balles. Plus le défraiement.
— Et tes poupées ?
— Toutes livrées. Y a rien à dire, le circuit hollandais, c'est du fiable. Les mecs savent bosser.

J'étais le plus heureux des hommes. Je ne demandais pas grand-chose, un personnage vivant constituait déjà une avancée significative dans ma carrière. Je voulais seulement qu'on me donne ma chance. Me voir à l'image, même sur la chaîne la plus obscure du câble, sur une vidéo internet, sur la caméra de vidéosurveillance d'une grande surface. Je voulais entendre « action », je voulais que ce soit mon tour de parler, mon tour de m'exprimer et de montrer ce que je valais après des heures à jouer l'acarien sceptique devant le miroir. J'atteignais des hauts sommets de bonheur dans une vie moyennement vallonnée et je n'ai pas trouvé ça désagréable.

— C'est pour un téléfilm qui devrait passer sur TV Tours-Val de Loire. Le tournage est à une heure d'ici. Un vieux pote m'a contacté, ils ont été plantés par deux mecs, ils ont besoin de toi pour samedi. J'ai un peu gonflé tes références, une heure plus tard, j'avais le scénario. Ils n'ont pas le temps de te faire passer une audition. Faut que tu connaisses ton texte d'ici là, sur le bout des doigts. C'est la seule condition.
— Compte sur moi.
— Parfait. Je t'ai imprimé le scénario, il est sur la table.

Je me suis rué dessus. J'ai tout lu, la moindre virgule, j'ai appris les rôles de tous les personnages, principaux et secondaires. C'était une histoire assez sombre, une affaire de famille. Je jouais un cousin éloigné, limité sur le plan intellectuel, qui avait les mains baladeuses avec les gamins. Ça m'a un peu refroidi. Il y a dix ans je jouais un cadavre, et là, pour mon deuxième rôle, on me demandait d'incarner un simplet aux penchants pédophiles.

— Tu as lu mon rôle ?
— Tout le monde ne peut pas jouer le soldat Ryan.
— Y a d'autres trucs entre les deux quand même.
— C'est la part d'ombre du métier. Qu'est-ce que tu es parti faire en Dordogne ?
— Je ne sais pas trop.
— Et le vieux, chez Fifi, tu lui voulais quoi ?
— Je ne sais pas trop non plus. Tu sais s'il séjourne encore à l'auberge ?
— J'imagine, il y était toujours hier soir, en tout cas.

Rico n'a pas jugé utile de me questionner davantage. Il avait cette qualité rare de ne jamais insister pour être mis dans la confidence. C'est un véritable combat intime que de ne pas chercher à creuser quand une personne – un proche, de surcroît – semble vouloir vous cacher quelque chose. Résister à la curiosité pour ne pas embarrasser celui qui la génère, c'est un trait de caractère qu'on ne rencontre pas souvent. Je m'en suis voulu de ne rien lui dire, mais j'attendais d'en savoir plus. J'ai téléphoné à mon oncle.

— Oui.
— Ce soir, on se donne rendez-vous devant la mairie.
— Pour ?
— Aller à l'auberge et attendre que le vieux se pointe.
— Quelle heure ?
— 20 heures.

Il a raccroché. J'ai pris ça pour une confirmation. J'ai continué à travailler mes expressions et apprendre mon texte. J'avais des répliques assez profondes, telles que : « monsieur l'agent m'a dit que je pouvoir rester à jouer devant l'école primaire » ou encore « gné, c'est pas moi qu'ai faire du mal à la petite ». L'écriture, en plus de manquer de finesse, se voulait franchement insultante envers la langue française et les cousins déviants. Entre parenthèses, après chacune de mes interventions, était indiqué le ton que je devais employer : (benêt et ahuri), (benêt et agressif), (benêt), (bien bien benêt). Je commençais à saisir les subtilités de mon personnage.

— Rico ?
— Oui ?
— Tu fais quelque chose ce soir ?
— Pas si tu as besoin de moi.
— J'ai besoin de toi.

Je lui ai demandé de m'accompagner au rendez-vous que j'avais fixé à mon oncle. Il n'a pas bronché. J'ai pris une douche tiède, on a mangé un sandwich-flageolets-beurre-beurre et on s'est mis en route.

Nous sommes arrivés avant Michel. J'en ai profité pour briefer Rico. Le prévenir au sujet de son haleine de prof d'histoire, de sa politesse mesurée et de sa joie de vivre plutôt relative.

— Je ne me formalise jamais, tu sais bien. Il a le droit de faire la gueule si ça lui chante. D'ailleurs, c'est pas le cercueil sur pattes qu'on voit arriver là-bas ?
— Si, c'est bien lui.

En me voyant accompagné, mon oncle a eu un geste de recul. Le moindre imprévu suffisait à le déstabiliser. Un couteau posé à gauche de l'assiette le désarçonnait, un changement de programme le paralysait, devoir dire bonjour à une personne inconnue le faisait suffoquer. Pourtant, Rico avait un physique qui attirait la sympathie. Moyennement grand, une tête ronde, des yeux rieurs, des chemises extravagantes qu'il portait par-dessus un débardeur blanc qui virait au beige avec le temps, comme mon frigidaire. Un peu de ventre, voire pas mal, et une barbe très noire. Il faisait à la fois terroriste cubain, joueur de ukulélé et résident de club de vacances. (Résident de club de vacances avec le bracelet all-inclusive, trois fois vainqueur du blind-test-musical-spécial-années-1970, fixette sur le cul de l'animatrice qui s'occupe de l'aquagym à 10 h 30, qui plaisante avec le groupe de jeunes caïds venus de Seine-et-Marne, qui joue son honneur lors de l'apéro-pétanque contre la famille Contreras de Perpignan.)

— Je te présente mon meilleur ami.
— Michel.

— Enchanté, Rico.
— Alors voilà, Michel, tu vas y aller le premier, Rico, tu entreras un peu plus tard. Vous ne vous connaissez pas. Chacun d'un côté du comptoir. Quand le vieux se pointe, Rico, tu commandes un side-car. Ça fera office de signal pour Michel. Avant ça, tu peux boire ce qui te chante. Normalement il porte un costume mauve. Il a une certaine prestance, tu ne devrais pas le louper.

Chez Fifi, la prestance, ce n'est pas ce qu'on trouve le plus facilement. J'ai ajouté que si je ne venais pas, c'est que j'étais à peu près sûr que le vieux m'avait remarqué, lui aussi. Je ne voulais pas qu'il se méfie. Ils n'ont pas posé de questions, y compris Rico, qui n'avait pourtant pas la moindre idée de l'affaire qui se tramait et dans laquelle il occupait un rôle de premier plan. Il a même ajouté, impliqué :

— C'est bon pour moi.

Michel s'est dirigé vers le bar sans discuter. Rico est resté avec moi quelques instants.

— Il ne pète pas la forme, en effet.
— Pourtant, là il était plutôt bien.

Rico s'en est allé à son tour. Je suis resté devant la mairie à les attendre. J'ai pensé à ma grand-mère. Quand elle ferme les yeux, j'ai parfois l'impression qu'elle éteint le monde. C'est assez indescriptible. Dieu semble lui envoyer des instructions. Des choses confidentielles.

J'ai toujours imaginé que Dieu travaillait comme projectionniste dans un petit cinéma de quartier, à Montevideo, et que ma grand-mère avait l'adresse. Elle en parlait comme d'un vieil ami. Ses rapports avec lui ne viraient pas à la défiance, mais, et c'est peut-être bien le pire des blasphèmes, elle le normalisait, le banalisait. Je n'ai jamais été très croyant, mais je ne réfute aucune thèse. Disons que je ne me mouille pas trop, dans un sens comme dans l'autre. J'attends d'en savoir plus, que des scientifiques établis dans une base cachée en Arizona me prouvent quelque chose d'irréfutable. Qu'un signe divin me soit envoyé, une apparition, un visage dans un nuage. Ma grand-mère ne s'est jamais posé la moindre question, c'est une évidence absolue pour elle. Dieu existe autant que M. Caseneuve. Il lui apporte tout autant de tomates. Ceci dit, elle n'évoque ni l'un ni l'autre ces derniers temps.

J'ai beaucoup relativisé son rapport à la foi. Je me disais qu'elle venait d'une époque qui n'autorisait pas le doute sur le plan spirituel. Mais cette même époque n'autorisait pas non plus les relations extraconjugales et pourtant elle s'en était visiblement affranchie.

En fin de compte, j'ignorais tout d'elle. De toutes les façons, dans mon for le plus intime, je l'avais toujours su. Ses yeux sont comme deux coffres-forts et ses mains de vieux parchemins impossibles à décrypter. Mais il y a une certitude, une chose que j'ai toujours comprise, c'est qu'elle avait été libre tout au long de sa vie et qu'aucune forme d'autorité, maritale, sociétale ou religieuse n'avait pu la faire dériver du chemin qu'elle s'était choisi. Je ne savais pas si derrière les apparences se cachait une rebelle, une punk ou une dissidente, mais c'était, à n'en pas douter, l'être le plus têtu que cette terre ait pu porter. Si elle croyait en Dieu avec autant de fermeté et de certitudes, c'est que ce dernier s'était débrouillé pour lui donner des garanties d'une fiabilité inestimable. Je lui devais mes doutes à ce sujet. Et si ces derniers étaient amenés à devenir des certitudes, ce serait aussi grâce à elle. Elle ou des chercheurs en Arizona.

12

Après une heure, Michel est sorti du bar. Il est revenu vers moi. Je n'avais pas bougé d'un centimètre, je caressais un chat abandonné et livré à lui-même qui était venu minauder dans l'espoir de tomber sur un mécène volontaire pour l'adopter ou, au moins, le nourrir. J'étais navré, mais je n'avais rien à lui offrir à part un portemanteau en bois flotté pour se faire les griffes ou un destin de martyr au premier étage des *Magnolias*.

— Ce n'est pas le même homme.
— Tu en es sûr ?
— Certain.

J'ai commencé à lui répondre mais la sirène d'un camion de pompiers – qui dévalait la rue à toute vitesse – a couvert mes mots et Michel n'a rien compris de ce que je racontais. Je détestais ces moments-là, je les avais déjà vécus avec des motos puissantes, des klaxons de ferry, des trains lancés à grande vitesse et j'en gardais, à chaque fois, un souvenir douloureux.

Je trouvais que c'était une chose aussi humiliante que de se hâter pour prendre un métro, dévaler les escaliers, se ruer sur le quai et voir les portes se fermer juste devant vous, avec des gens à l'intérieur en train de sourire de compassion et de sadisme. J'ai repris ce que je disais.

— Mais ça fait quarante ans. Comment tu peux être aussi catégorique ?
— Parce que cet homme, celui qui est au bar. Celui qui porte le costume mauve. Celui que ton ami m'a désigné en commandant un side-car quand il s'est pointé et qui se trouve être le seul homme au comptoir. Eh bien, cet homme est noir.
— Certes. Et ?
— Et l'autre était blanc, périgourdin de souche. Tu aurais pu commencer par ça au lieu de me parler de son costume mauve et me faire perdre mon temps.
— Je ne croise jamais d'homme en costume mauve.

C'était là un argument de poids. Le vieux en costume mauve était noir et je n'avais pas trouvé utile de le préciser en premier lieu, ce qui aurait permis d'économiser un temps précieux dans nos investigations. Mon oncle est reparti, les épaules basses, sans me dire au revoir.

Cet homme qui venait rendre visite à ma grand-mère n'était pas celui qui était venu vivre sous son toit par le passé. C'en était un autre. J'ai attendu vingt minutes sur les marches, avec le chat errant, pensant que Rico allait me rejoindre, mais j'ai vite réalisé que ce n'était pas dans ses intentions. Je suis rentré à la maison, le chat n'a même pas essayé de me suivre, résigné. La nuit était claire, la lune, toute ronde. Devant la fontaine, un prêtre parlait avec un marginal. Je me suis demandé lequel faisait le plus de bien à l'autre. Une fois chez moi, j'ai ouvert une bouteille de rosé d'Anjou. J'ai bu un verre. Toujours pas de bonbon anglais sur le retour.

Je me suis mis à penser à Rosie. J'avais le rosé mélancolique, le rosé amoureux. Elle commençait à me manquer. Un jour, bien avant notre étreinte lumineuse et stratosphérique de l'avant-veille, elle avait rompu la banalité de nos échanges en y ajoutant une dimension intime – que nos rapports sexuels tarifés ne permettaient pas. C'était une fraîche matinée de février, le ciel ne prêtait pas à la frivolité, on venait de finir. La radio marmonnait des choses liées à l'actualité. Dehors, le vent giflait une nature pourtant bien permissive. Les arbres dansaient devant nous.

— Qu'est-ce que tu aimes chez une femme ?

J'étais en train de me rhabiller, elle était encore nue, sur le matelas qu'elle avait disposé à l'arrière de sa camionnette. Je la contemplais. Elle se maquillait comme on remplit une fiche de soins, sans trop savoir pourquoi ni pour qui. Ses grosses cuisses potelées se frottaient l'une contre l'autre. Elle était grasse et heureuse. Et démesurément sexuelle.

— Chez une femme ? J'aime les cernes et le sourire. Les choses sur lesquelles je peux avoir une incidence.

Me remémorant cette scène, j'ai essayé de me souvenir de la dernière fois que j'avais pu faire sourire une femme. De façon maîtrisée, du moins. Rico est rentré avant que je ne parvienne à trouver la réponse.

— Le vieux, en costume mauve.
— Oui ?
— Je sais ce qu'il fait dans la région, il m'a tout balancé. Il est là pour dire adieu à une femme.
— C'est ce qu'il t'a raconté ?
— Il m'a dit : « Je viens faire mes adieux à une femme que j'ai beaucoup aimée. » Il était un peu bourré par contre, alors je ne sais pas trop si ça compte.

En deux jours, ma grand-mère, que j'avais toujours imaginée être la femme d'un seul homme, m'apparaissait alors comme une polygame assumée, une femme pleine de passions et d'aventures. Cette histoire-là qu'on appelle l'amour me dépassait chaque jour un peu plus. Pourtant, j'éprouvais une forme de fierté. J'enviais, j'admirais cette liberté que je découvrais de façon tardive, et qu'à titre personnel je n'avais pas été capable de m'offrir. Je me suis servi un deuxième verre et j'ai tout raconté à Rico. Il méritait de savoir.

— Quand ta grand-mère a compris que tu ne l'aiderais pas à faire ça, elle a dû le contacter.
— Exactement.
— Tu crois qu'il a accepté, lui ?

Tout ceci me paraissait invraisemblable. Je n'envisageais un tel scénario que dans un film de cinéma d'auteur. Un vieil amant accepte de délivrer une femme qu'il a beaucoup aimée et qui est en train de perdre la tête. Un réalisateur suédois, la presse spécialisée qui salue une histoire « intime et pleine de pudeur », des acteurs primés au sommet de leur art. Un aide-soignant complice parmi les célébrités préférées des Français. Dans ces conditions, d'accord. Dans la vraie vie, avec un client de chez Fifi et ma grand-mère, j'avais plus de mal à me l'imaginer.

J'étais tout de même étonné par les sentiments qui semblaient unir ce vieux pilier de bar en costume mauve et ma grand-mère. À quelle occasion avaient-ils pu se rencontrer ? Plus j'en apprenais à son sujet, plus les remparts de mon amour se consolidaient. Chaque faille, chaque secret que je découvrais m'apparaissait comme une nouvelle source d'affection. Aujourd'hui, elle était en train de dépérir aux *Magnolias*, alors qu'hier encore, elle valsait et enivrait les hommes qui croisaient son chemin. De cette histoire finirait par découler un adage. Derrière chaque vieille dame sommeille une danseuse de cabaret.

13

Je n'ai pas fermé l'œil de la nuit. Je ne pouvais me retenir de penser à ma grand-mère et ses vies secrètes. Combien avait-elle eu d'hommes, d'espoirs, d'envies ? À quelques détails près, elle m'était toujours apparue comme ces grands-mères sur les boîtes de gâteaux. Avec la coiffe disciplinée et les lunettes sur le bout du nez. Elle faisait des tourtes, couvrait le cou de ses petits-enfants lorsque le froid s'invitait aux dimanches familiaux. Elle aimait les jeux télévisés, les sabots, les savons, les sardines à l'huile, la salade de harengs. La lavande, le persil. Elle s'habillait d'un rien, d'une blouse, d'un gilet, d'un tricot. Elle sentait toujours bon, mais elle sentait le simple, n'usait d'aucune forme de coquetterie, ne se maquillait pas.

Pourtant, derrière les ronds de serviette, sous les gants de toilette, au fond du panier à pain, se cachait une autre histoire, une autre réalité. La face plus sombre d'une femme que la simplicité apparente ne suffisait pas à résumer. Elle faisait des tourtes, mais elle aimait les hommes, aussi. J'avais toujours – par ignorance – pensé ces deux activités incompatibles, comme si l'on pouvait scinder le monde en deux. D'un côté, ceux qui font des trous à la fourchette dans une pâte feuilletée, de l'autre, ceux qui s'abandonnent dans les champs de fleurs de l'Ombrie. Un cœur, mais aussi un corps. Une mère, une amante, une paysanne, une épouse, une grand-mère, une sœur. Un pilier, un rempart, un souffle, une confidente. Une femme. Une femme incroyable.

Rico dormait encore, je l'avais entendu se réveiller plusieurs fois durant la nuit, j'avais mis ça sur le compte de l'alcool et de la pleine lune. Sur la table, mon calepin était resté ouvert, à la page « noms de poneys que j'imagine les plus fréquemment donnés ». Sur cette même page, un Post-it avec la note suivante :

« *Je n'ai pas osé écrire dans ton cahier, mais quand j'étais petit, le poney de la ferme voisine s'appelait Pépito. Je sais pas si ça peut t'aider.* »

Cette journée semblait s'annoncer sous les meilleurs auspices. J'ai pris mon stylo, et j'ai ajouté avec le plus grand soin :

– Pépito

Pépito était un ajout de qualité, un ajout qui ne souffrait d'aucune contestation possible. J'adorais Rico pour ces moments-là. Il avait une pension alimentaire à payer, un procès en attente, une flopée de déboires amoureux, un panaris, une gingivite, mais s'il fallait enquêter sur un vieux en costume mauve, me trouver un rôle de cousin déviant pour la fine fleur du cinéma tourangeau, ou m'aider à établir une liste de noms de poneys, il s'investissait de tout son être. J'espérais qu'il avait autant de certitudes au sujet de ma fiabilité. C'était un ami rare. Un héros différent.

Rico aurait pu avoir toutes les vies du monde. Ambassadeur véreux, instituteur de province, baryton dans un groupe de pop metal. Il aurait pu épépiner des concombres en Inde, devenir le chimiste d'un gang hondurien, vivre à la montagne avec une femme et deux enfants. Ou avec un homme et un opossum domestique. Dans sa vie, personne ne l'avait jamais limité, refroidi, arrêté. Il n'avait peur de rien, ni de la santé, ni de ses tergiversations sentimentales, ni des huissiers, ni des juges d'instruction, ni des flics, ni des araignées. Il avait épousé cette voie, mais chaque jour, son histoire aurait pu basculer et devenir tout autre. À l'inverse, j'aurais fait la même chose de mille vies. Je serais arrivé au même endroit, en ayant tiré les mêmes conclusions. Ne sachant trop quoi faire de mes poneys, et pas davantage de mes élans amoureux. Je pourrais recommencer cinquante fois à vivre, en partant de la maternité, cinquante fois j'aurais eu le même appartement et la même Fuego. Je n'aimais pas le chemin qu'on m'avait tracé, mais j'étais incapable d'en sortir. Je me complaisais dans mon piège. J'enviais Rico pour son insouciance, la légèreté qui déguisait ses problèmes, la défiance dont il faisait preuve à l'égard du destin. La vie ne lui faisait pas peur, elle était une étape comme une autre, pas plus importante qu'une foire à la saucisse, ou qu'un cirque itinérant.

Le parking de mon immeuble était désert, les premières lueurs matinales tentaient de se frayer un chemin dans cette journée. Ma voiture semblait être l'élue, comme auréolée par les rayons du soleil. À chaque fois que je me retrouvais face à elle, je me disais qu'il n'existait pas de voiture plus moche sur cette planète. Une Renault Fuego de 1984, couleur gerbe, encore plus plate qu'une fouine qui se glisse sous une plinthe. La Porsche du pauvre comme l'appelait mon père. La coupe, les phares, la carrosserie, le pot, l'intérieur, l'odeur, le volant : rien n'allait. Mais cette laideur, qui prenait soin de faire l'unanimité auprès de l'ensemble de l'humanité, me la rendait attachante. Quand je démarrais le moteur, j'entendais la toux d'un contremaître de province. Le siège était trop bas et la vie trop courte pour rouler dans pareille fosse commune, mais j'étais incapable de m'en séparer, parce qu'au fond je trouvais qu'elle avait de la gueule. Le garagiste de la ville en était dingue. Il s'arrangeait pour qu'elle passe encore le contrôle technique, lui faisait parfois une petite beauté, en échange des clefs. C'était son unique requête, profiter de la Fuego le temps d'une après-midi, avaler les départementales. Je ne payais presque rien, les pièces si besoin et, de temps en temps, un coup dans le bar d'en face. Guère plus. Il roulait toute la journée et je venais la récupérer le soir, soignée. Quand il me rendait les clefs, j'avais toujours droit au même discours.

— Moi, la Fuego, c'est toute ma jeunesse, monsieur Alain. Avec vous, j'ai à nouveau vingt et un ans. Sinon, faut traverser l'Atlantique et aller jusqu'en Argentine pour en trouver de nos jours. C'est pas des blagues, la pampa, c'est rempli de Fuego et de chevaux sauvages. La vérité, c'est que la Fuego était en avance sur son temps et que personne ne l'a compris. Tant que ce garage existera, votre Fuego roulera, je vous le signe. Surtout que ce moteur, c'est du robuste, il nous enterrera tous les deux, monsieur Alain.

Je me suis rendu aux *Magnolias* sans réfléchir au fait qu'il y avait une heure d'ouverture. Les limites de mes prédispositions matinales. J'ai attendu dans ma Fuego, sur le parking de la grande surface voisine. À nouveau, je ne savais pas bien ce que je faisais là, je ne maîtrisais plus grand-chose. Depuis quelques jours, j'étais prisonnier d'une forme d'attraction qui me poussait à passer tout mon temps auprès de ma grand-mère. Avant, en dépit de l'amour que je lui ai toujours porté, ces visites relevaient plus de la corvée dominicale. Je me sentais obligé d'y aller, de lui tenir compagnie. Ça me donnait bonne conscience. Désormais, elles étaient de l'ordre de la nécessité.

Le rideau métallique de la grande surface s'est levé dans un vacarme strident. Trois, quatre hommes ont balancé des palettes devant une entrée dérobée, avant de s'allumer une cigarette. J'ai imaginé qu'ils devaient parler de l'Eurasienne du poste quatre. Ils portaient des polaires avec l'enseigne du magasin, leurs mines fatiguées par l'incertitude quotidienne d'une vie faite d'efforts et de précarité me faisaient réaliser quel bon à rien j'étais. Je connaissais la précarité, mais les efforts, je n'avais jamais voulu en entendre parler. Je n'étais jamais rentré fatigué, je n'avais pas travaillé plus de six mois consécutifs depuis la fin du lycée, je n'avais jamais rien sacrifié. J'avais attendu, mangé et dormi. Je ne m'étais investi dans rien. Ni dans une vie de famille, ni dans mon travail d'acteur, ni dans une quelconque relation sentimentale. Je ne connaissais pas la souffrance, je ne me souvenais plus d'avoir déjà transpiré. Je m'étais beaucoup allongé. J'avais souvent allumé le poste de télévision. Je pouvais compter en années le temps que j'avais passé à ne rien regarder par la fenêtre. J'avais marché sans but et sans destination. Mais les choses commençaient à changer.

Les *Magnolias* ont ouvert leurs portes à 9 heures. J'ai salué la petite jeune avec les vilains ongles, j'ai signé le registre. Ma grand-mère était encore dans sa chambre. Elle buvait une tasse de thé en chemise de nuit. J'ai trouvé que c'était un agréable programme pour les quarante années à venir. Boire du thé en chemise de nuit. J'aurais pu en faire l'activité principale de ma vie. Je me suis approché, elle m'a reconnu assez vite, j'ai collé ma bouche contre son oreille.

— Tu as bien dormi ?
— Très bien. Je dors toujours bien.

Je me suis assis à ses côtés. Je la trouvais belle, ses cheveux bouclaient encore. Dans le reflet de son thé au lait, j'apercevais les rides de son cou. J'ai regardé les rides de son cou, mais je n'y ai pas vu le reflet du thé au lait, rien que les marques du temps. Les traces d'une vie. Un cou ne vieillit pas du jour au lendemain, personne ne découvre une ride au petit matin.

Elle portait la tasse à sa bouche, en tremblant, prenait tout le soin de poser ses lèvres sur la faïence et s'abreuvait de minuscules gorgées. Je décortiquais chacun de ses gestes. Plus aucun n'était maîtrisé, mais ce mélange à la fois emprunté et délicat rendait émouvant le plus petit rien. Le fait de se moucher, celui de libérer un bonbon de son emballage, de boire une tasse de thé.

Une aide-soignante est venue débarrasser la table, elle sentait le lait d'amande.

— La toilette est faite, vous voulez que je l'habille ?
— Non, ne vous inquiétez pas, ça ira.

J'ai regretté aussitôt. Ma grand-mère, innocente, était appuyée sur sa canne. Je l'ai aidée à s'habiller. J'ai voulu lui mettre sa blouse directement par-dessus sa chemise de nuit, ce qui me paraissait plus évident d'un point de vue anatomique, mais elle s'y est opposée.

— Il faut enlever ça.

J'ai évité de réfléchir et je l'ai mise à poil. J'essayais de regarder ailleurs pour lui enfiler son vêtement, mais je lui mettais la tête dans une manche et manquais de l'étouffer à chaque tentative. Impossible de procéder à l'aveugle, je devais être au front. J'ai finalement pris sur moi, me suis accommodé du corps nu de ma grand-mère. J'ai tout regardé. Sa poitrine venait caresser sa gaine, elle riait de la scène, j'étais bien plus gêné qu'elle, mais j'essayais de ne pas trop le montrer. Ses deux énormes seins ressemblaient à de vieux paninis attirés par le sol. Avec les seins de ma grand-mère, personne n'aurait eu besoin de Newton. J'ai réussi à faire abstraction de tout ça et l'habiller de façon convenable. Le plus dur était passé. J'avais l'impression d'être l'homme le plus méritant de la planète, je venais d'accomplir quelque chose de grand. Combien d'êtres humains peuvent se targuer d'avoir foutu leur grand-mère dans le plus simple appareil ? Au réveil qui plus est.

Je l'ai assise dans son fauteuil avant de lui enfiler ses chaussons. Les pieds, c'était plus simple que les seins, mais, en toute franchise, pas beaucoup plus. Ses ongles ressemblaient à du granit. Des coquillages de plages normandes avec en dessous une couche de trois centimètres de corne et de callosités. J'ai estimé qu'il faisait assez doux pour ne pas lui mettre de bas. J'aurais pris la même décision en plein hiver, j'avais atteint mes limites. Ce défi vestimentaire nous avait épuisés. Je me suis assis à mon tour. Elle riait.

Peu après 10 heures, j'ai aperçu le vieux en costume mauve sur le pas de la porte. Il tenait un bouquet de fleurs sauvages, des chicorées bleues, emballées dans du papier journal. Il était trop loin pour que ma grand-mère puisse le voir. Le vieux n'osait pas entrer, il nous regardait. Je me suis levé pour aller lui parler.

— Ne vous en faites pas, je sais qui vous êtes.
— Ça m'étonnerait. Est-ce que vous savez que je l'ai aimée chaque jour depuis vingt ans ? Est-ce que vous savez qu'elle ne me reconnaît plus ?

En effet, pas vraiment. Je me suis décalé pour le laisser entrer, il s'est approché lentement, comme un démineur. Le vieux s'est assis à côté d'elle. Ma grand-mère souriait. Il lui a montré le bouquet, elle le touchait de la paume comme pour en prendre les mesures, effleurait ce lit de pétales. J'ai compris que j'étais de trop.

14

En sortant des *Magnolias*, j'ai décidé de rendre visite à Michel. Nos récentes conversations téléphoniques avaient, à chaque fois, tourné court. Il fuyait le plus petit entretien avec la dextérité des barbeaux que mon grand-père pêchait au leurre dans la Dordogne. La confrontation m'apparaissait être ma seule option.

Je n'avais jamais mis les pieds chez lui, à vrai dire aucun membre de la famille ne l'avait jamais fait. Tout le monde savait où il habitait, mais personne n'avait osé s'y aventurer. D'abord, parce qu'il n'avait jamais invité qui que ce soit, mais aussi, et surtout, parce qu'il était différent. Trop étrange pour une meute froide et basique comme la nôtre. À la décharge du reste de la famille, Michel était chiant, il sentait la mort et le fer. Il ne riait jamais, ne s'intéressait pas aux autres et se lavait les mains entre soixante et quatre-vingts fois par jour.

Michel vivait en périphérie de notre ville, dans une zone abandonnée qui finirait par servir aux essais nucléaires de nos dirigeants. Un quartier que les morts vivants et autres zombies qualifiaient de zones de non-droit et délaissaient volontiers pour se vautrer dans le confort d'entrepôts abandonnés, de parkings souterrains lugubres et de voies ferrées rouillées. J'ai regardé ma Fuego droit dans les yeux. Elle me souriait. Sa moue innocente m'a fait comprendre qu'il n'était pas envisageable de l'emmener dans le coin le plus malfamé de notre région. Elle deviendrait un objet de convoitise, pire, une source de frustration. J'ai opté pour le bus.

C'était le coin ouvrier, les bâtiments dans lesquels logeaient les employés de l'usine à papier, à l'époque où elle existait encore et qu'elle donnait de l'emploi à toute une ville. Je suis descendu du bus, le voyage s'était avéré décevant en termes de rencontres et d'aventures. Personne n'était monté, personne n'était descendu, le chauffeur m'avait ignoré, et je semblais faire une allergie au polyester des sièges.

Je n'étais pas venu par ici depuis très longtemps mais les choses n'avaient pas bougé. Je me suis gratté, et j'ai regardé autour de moi. Un immeuble d'une morosité confondante, dans la partie la moins animée d'une ville incroyablement peu animée. Ici, les gens avaient des fronts plus grands que la moyenne, ils traînaient les pieds en portant des sacs de linge. Un grand type bricolait dans son box, une boulangerie se lamentait, les âmes se laissaient dépérir au moins autant qu'aux *Magnolias*. La conscience en moins. Le grand type avec les outils a salué un autre homme qui venait de se garer. Ils ont entamé une brève conversation.

— Bah alors, t'étais où hier ? On t'a attendu !
— Je suis passé voir mon frère…
— Je vois l'tableau...
— On a bu un café, et après… Ricard direct ! Toute la journée.
— Ah. Vous avez bu un café quand même ?
— Maintenant que tu le dis… nan t'as raison, on a bu un Ricard, et après… Ricard direct !

J'ai continué mon chemin, les deux types, hilares, se sont envoyé d'énormes claques dans le dos à tour de rôle, peut-être une dizaine. Il y avait trois halls, j'ai eu la chance de voir apparaître notre nom sur le premier interphone, ce qui m'a rendu heureux. La vie est aussi faite de petites victoires. J'ai sonné. Une voix méfiante m'a répondu. Une voix qui n'espérait aucune petite victoire dans les jours à venir et sûrement pas via l'interphone. L'entendre décrocher relevait déjà de l'exploit, d'une véritable ouverture au monde extérieur.

— C'est Alain.
— Je suis occupé.
— C'est important.
— Troisième étage, porte de droite.

L'ascenseur était marron. Un néon grésillant dégageait un peu de lumière pour l'éclairer. Une odeur de poisson maltraitait tout l'immeuble. Je suis arrivé sur le palier. Michel m'a entrouvert la porte et m'a disséqué à travers l'entrebâillement, comme pour me cacher l'intérieur de son appartement, être sûr que je ne m'immisce pas. J'ai glissé mon pied pour avoir le temps d'entamer ma plaidoirie. Il m'a regardé. Il attendait mes arguments. Je n'en avais pas tellement.

— J'avais envie de savoir comment tu allais.

Il a relâché la pression, mon pied ne rencontrait plus aucune résistance, je venais de ferrer mon barbeau dépressif. J'ai poussé la porte. Il me tournait déjà le dos, avait disparu dans l'obscurité de son appartement.

— Ne fais pas attention au rangement, j'étais en train de trier de vieilles affaires.

Il ne triait rien du tout, au contraire, il dépareillait. Il dépareillait depuis le jour où il avait emménagé ici. Des piles de feuilles obstruaient le passage. De vieilles tasses de café étaient entreposées un peu partout sur les étagères, sur la table basse de son salon. Une cage à rongeurs – sans rongeurs – trônait au milieu de la pièce.

— Qu'est-ce que tu fais avec une cage au milieu de ton salon ?
— J'avais un hamster, avant.
— Tu l'avais appelé Oraison du soir ?
— Non, je l'avais appelé Compote.
— C'est le nom d'un poème de Rimbaud ?
— Non, c'est le nom d'un dessert. Avec des pommes, le plus souvent.

Un tapis à poils longs, des objets récupérés, chinés puis entassés au hasard. Des livres, absolument partout, un vieux vélo sans dérailleur. Propre, l'endroit aurait été joli. Michel s'est écroulé dans un fauteuil. J'ai cru qu'il disparaîtrait dedans et n'en ressortirait jamais.

— Personne ne va aider mamie à mourir.
— Je sais. Ce monsieur avec le costume mauve vient voir ta grand-mère depuis des années, je crois qu'ils ont vécu une sorte d'histoire d'amour. Je n'ai jamais voulu en savoir plus. Pardon de ne pas te l'avoir dit. C'était l'occasion de passer du temps ensemble.

Michel s'est arrêté de parler. Le carillon de la salle à manger est venu apporter une forme de chahut dans un silence qui n'attendait que ses larmes. Son émotion, insupportable, lancée au galop, était en train de le paralyser. Ces instants qui précèdent le craquèlement d'un visage, meurtri par la tristesse, sont incroyablement plus douloureux que ceux, plus humides, moins crispés, qui suivent. Il a repris.

— Elle me l'a demandé à moi aussi, il y a deux semaines. J'ai hésité à le faire. J'ai pensé l'étouffer dans son sommeil. Ça a duré une minute, à peine. Mais j'y ai pensé.

Comme pressenti, il s'est mis à pleurer. Je ne savais plus si je devais me taire, m'en aller, parler de ma grand-mère ou poser des questions sur les liens qui l'unissaient à Compote.

— J'ai tellement de mal à lui pardonner.
— D'avoir aimé d'autres hommes ?

— D'avoir si mal aimé mon père.
— C'est pas toujours facile de bien aimer.

Il a semblé d'accord avec ça. Le chagrin s'était déjà enfui, pas bien loin, mais il avait offert du répit. On n'avait toujours pas trouvé d'antidote contre le venin insidieux des choses du cœur. Les philosophes, les intellectuels, les prostituées, les bistrots et même les produits du téléachat ne pouvaient rien y faire. Impossible de le combattre, de le guérir, de l'amoindrir. Il fallait juste éviter la morsure. On a mangé des yaourts. On a évoqué nos amours passées, sans gêne. Michel ne savait pas dire s'il avait déjà aimé de façon unique. Ne pouvait identifier une fille qui était sortie du lot. Il avait connu trois femmes, et il avait aimé les trois. J'ai trouvé que c'était à la fois intéressant et insolite.

Les gens qui n'aiment qu'une personne tout au long de leur vie parlent d'une alchimie inexplicable, d'une évidence. Des évidences, je pourrais en croiser un milliard, à chaque coin de rue. Je crois que l'amour de ma vie se trouve sur les bancs de l'université de Pérouse, derrière le comptoir d'un bar à Quito, sous les toits de chaque grande ville. L'amour de ma vie a vingt ans ou peut-être soixante. Elle est brune, rousse, petite, élancée, grosse. Elle sent le jasmin ou la friture. L'amour de ma vie, c'est peut-être Rosie, l'Eurasienne du poste quatre de la grande surface à côté des *Magnolias*. La présentatrice météo du dimanche. C'est peut-être Évelyne. L'amour de ma vie pense à moi en ce moment ou ignore mon existence. Elle trait les vaches à l'aube à quinze kilomètres d'ici, s'endort sur le sable de

Redondo Beach en cuvant du martini blanc. Elle a mal et personne ne le voit, elle rit en soirée mais pleure en rentrant, elle vend sa chair dans les bordels de Riga, s'épanouit dans un job à responsabilités au sein d'une grosse boîte dans un quartier où tous les hommes en costume se ressemblent. Elle boit du café. Elle ne boit pas de café. Elle travaille à la chaîne dans une usine de pain de mie sans croûte, change des perfusions en silence, s'endort plus rapidement quand il pleut. Je la croiserai dans un train de nuit, lors d'une kermesse ou sur une aire d'autoroute. Elle est peut-être ici ma vérité. J'ai choisi de cesser d'aimer très jeune pour ne pas m'épuiser à le faire toute ma vie. Ma grand-mère avait fait l'inverse et je comprenais qu'elle avait eu raison. Et moi non. Il aurait mieux valu trop en vivre que pas assez.

— J'ai trouvé un rôle. Le tournage a lieu demain. J'aimerais que tu m'accompagnes avec mamie. Je veux qu'elle voie ça avant de tout oublier. C'est son seul rêve. J'ai prévenu Évelyne, il faut juste que tu sois devant les *Magnolias* à 9 heures.

— Je ne sais pas.

— Tu seras ses yeux, ses oreilles. Je crois que c'est important. Surtout pour toi.

— Je ne te promets rien.

Je suis reparti de chez Michel. Il commençait à faire sombre. Je n'avais pas vu la journée passer. J'ai regardé l'heure, il n'y avait plus de bus, je venais de louper le dernier. J'ai marché jusqu'à ma Fuego. J'en ai eu pour une trentaine de minutes. En chemin, j'ai croisé un chien. Il m'a suivi. Je me suis dit qu'il raccompagnait les pauvres types qui loupaient le dernier bus. On a fait tout le chemin ensemble, comme deux vieux amis, je lui ai raconté mon histoire. Cet animal, livré à lui-même, erratique, paraissait malgré tout vivre une vie plus stable que la mienne. Devant le parking de la grande surface, il a compris que nos routes se séparaient.

— Tu m'attends ici !

Il a eu l'air de saisir mon injonction, je suis allé lui acheter un steak. L'Eurasienne du poste quatre était là. Ce chien était un bon entremetteur. J'ai déposé mon steak sur le tapis roulant et bombé le torse. L'Eurasienne m'a examiné de son regard en coin. En une fraction de seconde, elle m'avait scanné. Je lui plaisais. Elle a essayé d'entamer une discussion que n'entame pas une hôtesse de caisse en fin de journée, quand la file est longue, que les chiards braillent et que les parents soufflent, des conserves plein les bras.

— Vous allez le manger avec de la moutarde ?
— C'est pour un ami.

Je n'ai pas été capable d'en dire plus, j'ai payé et je suis sorti. Le chien m'avait attendu. Je lui ai déballé le steak, il s'est jeté dessus. Je suis allé à ma voiture, et j'ai démarré la Fuego sans lui dire au revoir, ç'aurait été trop douloureux pour tous les deux.

Quand je suis rentré, Rico était à la maison, il préparait un bœuf bourguignon.

— Tu ne vois pas d'inconvénient à ce que je rajoute du fond de veau ? C'est pour épaissir la sauce.
— Le vieux en costume mauve, il est juste venu lui dire adieu parce qu'elle ne se souvient plus de lui et que ça lui fait trop de peine de revenir la voir. Il dit qu'il l'a aimée chaque jour depuis vingt ans.
— Je savais que tu avais un truc important aujourd'hui, mais je ne me souvenais plus ce que c'était, je suis désolé.
— C'est rien.

Rico touillait l'intérieur de la marmite avec une cuillère en bois, rajoutait du laurier et du thym, léchait la cuillère et la replongeait sans la rincer. Le geste ne me dégoûtait même pas, pourtant il le reproduisait toutes les dix secondes et je ne savais pas si sa gingivite était contagieuse, car j'ignorais tout des infections bucco-dentaires.

— Je vais rajouter du fond de veau. Ta grand-mère, on dirait que c'est quelqu'un. Les gens qui sont aimés de plusieurs personnes, c'est qu'ils sortent de l'ordinaire. Surtout quand c'est un amour qui dure. Moi on ne m'a jamais aimé plus de trois semaines. C'est mon record. Je crois qu'il faut retenir ça. Que c'est une dame qui sort de l'ordinaire. Tu ne m'as pas répondu, tu aimes le fond de veau ?

15

Je n'avais rien dit à ma grand-mère pour le tournage. Je m'étais contenté de lui expliquer que j'avais trouvé un rôle – avant même que ce soit le cas – et ce matin, je lui faisais la surprise de la sortir des *Magnolias* pour l'emmener avec Michel sur les lieux de l'événement qu'elle avait toujours attendu. Je commençais à envisager de lui mentir un peu au sujet de mon rôle et du personnage que j'étais censé incarner. Je comptais sur l'aide de Michel pour jouer le jeu et abonder dans mon sens. Le cousin déviant devait disparaître. Il fallait inventer quelque chose de plus reluisant, de plus simple à assimiler. Lui dire que j'incarnais un médecin de campagne dépêché en urgence pour accoucher une paysanne malade, un résistant prêt à saboter une ligne de chemin de fer destiné au ravitaillement de militaires allemands, un instituteur convaincu du potentiel d'un enfant taiseux.

J'ai été surpris de voir Michel devant l'entrée des *Magnolias* à l'heure convenue. J'étais persuadé qu'il allait se défiler. Je lui ai serré la main, elle était glaciale et humide. J'avais eu tellement peur qu'il me lâche au dernier moment que je lui ai pardonné cette infinie moiteur.

— Je préfère vous attendre ici.

Je n'ai pas insisté, je suis entré. La petite jeune avec les vilains ongles était à son poste, à l'accueil. Elle semblait déjà éteinte. Je l'ai saluée et j'ai expliqué que j'avais prévenu Évelyne pour une autorisation de sortie. Elle a noté l'information sur un bout de papier et m'a fait signe que tout était bon. Certains vieux, les plus capables, déjeunaient au réfectoire dans le calme, la moindre gorgée de jus relevait de l'effort, de la maîtrise. J'ai pris l'escalier et je suis allé au fond du couloir, l'avant-dernière chambre. La porte était entrouverte, ma grand-mère était assise dans son fauteuil, les deux mains appuyées sur sa canne, contre le pied du lit. Je n'avais jamais vu son visage aussi triste. Elle a deviné qu'une forme humaine s'approchait d'elle, mais elle a dû me prendre pour un infirmier et n'a pas bougé. Je me suis mis à sa hauteur, l'ai sentie se concentrer de toutes ses forces sur le coin gauche de sa rétine, celle qui voyait encore un peu. Elle a fini par me reconnaître, mais ça ne l'a pas rendue heureuse pour autant. Ses joues étaient humides. Elle venait de pleurer. Je ne l'avais jamais vue pleurer.

— Pourquoi je suis encore là ? La vie est trop longue.
— Tu te souviens, je t'ai dit que j'avais trouvé un rôle ? Pour un film. Un film pour le cinéma.

C'est aujourd'hui le tournage et je voulais que tu viennes avec moi.

Elle ne comprenait pas ce que j'étais en train de lui dire.

— Michel est en bas, Évelyne est prévenue, tu vas venir avec nous pour la journée. Et ce soir on te ramène dans ta chambre pour le dîner.

Je lui ai donné le bras pour l'emmener vers l'ascenseur. Michel était devant l'entrée, il avait attendu. Quand elle l'a vu, ma grand-mère lui a donné la main, mais il l'a vite enlevée. J'aurais pu l'étrangler pour l'avoir privée de ça. On a avancé vers la voiture.

Il n'y avait qu'une heure et quart de trajet pour se rendre sur le lieu du tournage. J'ai installé ma grand-mère côté passager, Michel s'est assis à l'arrière. Avant de démarrer, j'ai pris le mouchoir dans la poche de sa blouse, et j'ai essuyé ses joues.

On a commencé à rouler. Ma grand-mère avait posé ses mains sur ses genoux, elle regardait par la fenêtre. Peut-être pouvait-elle encore deviner la forme des imposants pylônes qui longeaient la route et défilaient à toute allure, absorbés par la vitesse du véhicule. La matinée se voulait fraîche.

— Tu veux que je mette du chauffage, mamie ?

Elle a hoché la tête pour me faire comprendre qu'elle n'avait pas saisi la demande. J'ai posé la question à nouveau, en élevant encore un peu plus la voix.

— Tu veux que je mette du chauffage ?

— De la viande et de la purée. Et un machin en dessert.

— C'est très bien.

À l'arrière, Michel ne disait rien, comme à son habitude. Il écrivait dans son carnet. Je ne devais pas être épargné. Les péagistes, les pylônes, la vie, et sa mère non plus. Tout devait commencer à se mélanger, l'appréhension du tournage, cette journée. J'étais vaseux, j'essayais d'avoir un peu de recul sur cette situation, et sur ma vie en général. Je ne savais pas quoi penser de tout ça. Je n'étais pas du genre à trop intellectualiser les sentiments. En apparence, j'avais l'impression de m'être laissé emporter par le flot de l'existence. Depuis tout ce temps, il me faisait dériver sans que le rythme s'accélère. Un courant régulier. Je faisais la planche, le nez tout juste en dehors, à la surface. Le moindre petit remous, une facture, le plus petit imprévu et l'eau me recouvrait le visage. Jamais pour de bon, mais assez fréquemment pour ne jamais flotter de façon sereine. Mon histoire se résumait à ça, dériver et boire la tasse. Michel était comme moi, au fond. Les événements, son caractère, sa personnalité et d'autres choses l'avaient rendu différent. Aigri, seul, malheureux. Mais le résultat de nos vies était identique. Je le regardais dans le rétroviseur et je voyais ma propre mort.

— Je n'ai jamais su y faire avec les hommes.

— Mamie ?

— C’est vrai, j’aurais mieux fait d’entrer au couvent à dix-huit ans.

J’ai regardé Michel dans le rétroviseur, il était scié. Après ça, elle n’a plus rien dit. Le ronronnement de la Fuego s’occupait de rompre le silence qui accompagnait nos pensées respectives.

16

J'ai garé la voiture à quelques dizaines de mètres des lieux du tournage et j'ai demandé à Michel de m'attendre à l'intérieur, le temps de négocier leur présence dans les parages. Un corps de ferme avait été loué, des types pas bien motivés flânaient en faisant semblant de travailler.

Je suis d'abord tombé sur un régisseur. Son T-shirt lui arrivait à la moitié du nombril, il déroulait des câbles. Il ne fumait pas une cigarette, il la laissait se consumer entre ses lèvres, sans y prêter la plus petite attention. Il bâillait comme un con et déroulait ses câbles. Ses gestes faisaient montre d'une paresse de niveau olympique. Son interminable cendre ne s'est pas brisée quand il m'a répondu, j'ai pris cela pour une forme d'exploit.

— Je m'occupe que des câbles. Faut voir ça avec l'assistant réal'. Il est là-bas, sur la chaise.

Je me suis frayé un chemin entre les accessoiristes et les machinistes. Tous les gens que je croisais sentaient mauvais. J'ai tapé sur l'épaule de l'assistant réal'. Personne ne remarquait ma présence. Il s'est retourné et m'a regardé en fronçant les sourcils. Il ressemblait à un accent circonflexe avec un cou flasque, n'avait pas l'air très aimable et ne semblait pas enclin à donner le change. Il puait tout autant que ses collègues.

— Il veut ?

— Je suis un des comédiens. Je remplace quelqu'un qui s'est désisté. Je joue le cousin de la famille, Gildas. Un rôle assez sombre.

— Parfait, le pédoph', suis-moi, c'est par là qu'aura lieu ta première scène. Tu connais ton texte ?

— Sur le bout des doigts.

— On n'en demande pas tant.

— J'ai juste une petite requête, si vous le permettez.

— Ce sera la dernière.

— Je suis avec ma grand-mère, elle a toujours rêvé de me voir jouer, est-ce qu'il serait possible de lui faire une petite place sur le tournage ? Je vous assure qu'elle n'embêtera personne.

— T'es sûr de connaître ton texte et ton rôle ? Amène-la, on va lui trouver une chaise.

Je devais jouer cinq scènes avec du texte. Quatre sur les lieux du tournage, ce vieux corps de ferme, et une autre dans le centre du village, devant l'école. C'est à cet endroit que les gendarmes venaient m'arrêter, annonçant ainsi la clôture du film.

L'histoire est celle d'une rivalité entre deux familles voisines, les Bouvard et les Duplantier. Une animosité éternelle motivée par de vieilles rancœurs dont tout le monde semblait avoir oublié le point de départ. Jusqu'à ce que la benjamine des Bouvard se lie d'amitié avec le jeune fils Duplantier. Une relation enfantine pleine d'affection, désapprouvée par les deux clans, mais qui finira, à force d'innocence et de bienveillance, par rapprocher les familles ennemies – avant que mon personnage, Gildas Duplantier, le cousin limité, n'essaye de s'envoyer la petite Bouvard entre deux bottes de foin. Et que toute cette haine soit remise à l'ordre du jour. Peu reluisant sur le papier, j'avais le rôle qui faisait tout basculer et venait dégommer en plein vol le fumet manichéen qui se dégageait petit à petit du film. À ce sujet, Rico avait tranché :

— C'est un rôle à césar.
— C'est un téléfilm diffusé sur une chaîne départementale et je joue un pédophile simplet.
— Régionale ! Et le talent n'a pas de frontières.

Il avait su me galvaniser, encore une fois. Je suis retourné chercher Michel et ma grand-mère. Il lui donnait le bras pour l'aider à marcher et la guider, j'avais même l'impression qu'il prenait soin d'elle, que c'était un geste naturel. Je n'avais plus envie de l'étrangler. La Fuego avait des vertus insoupçonnées, elle rapprochait les gens et facilitait les confessions. Ma grand-mère paraissait un peu perdue, mais pas plus qu'aux *Magnolias*. J'ai expliqué la situation à une assistante qui avait un strabisme et beaucoup d'empathie. Ma première scène devait avoir lieu trente minutes plus tard et je ne connaissais toujours pas les autres acteurs. L'assistante m'a promis qu'elle allait s'occuper de ma grand-mère et lui trouver une place de choix.

Averti de mon arrivée, le chef opérateur s'est présenté à moi. Il devait peser entre cinq et six cents kilos, ses gros doigts écrasaient le filtre d'une cigarette sur laquelle il tirait comme un aspirateur du téléachat.

— C'est toi, le remplaçant ?
— Le remplaçant ?
— Le rôle du con.
— Ah, oui, c'est moi.
— Tu connais le monde de l'image ?
— Ce qu'il faut savoir.
— Ce qu'il faut savoir, c'est que c'est moi derrière la caméra. Ni le réal', ni le producteur, ni ma chienne de mère. C'est moi. Ou à la rigueur, mon cadreur que tu vois là-bas.

Il m'a désigné un petit chauve qui pissait contre un arbre, à l'entrée de la ferme.

— C'est noté.
— T'as vu les autres acteurs ?
— Pas encore.
— Rentre dans la première pièce, là où mon cadreur vient de pisser, tu verras une troupe de connards derrière une baie vitrée, t'auras plus qu'à te greffer. Je m'en fais pas pour ça.
— Merci.
— Au fait, tu t'appelles comment ?
— Alain.
— Alain, Alain.

Il m'a regardé, a tiré sur sa clope en faisant un bruit de saxophone et il s'est mis à hurler sur un machino sans prendre la peine de se présenter en retour. J'ai avancé vers la maison, la partie ouverte, pas loin de la flaque de pisse, avec la baie vitrée sur la droite. J'ai identifié ce qui pouvait s'apparenter à une troupe de connards.

J'ai eu l'impression de tomber sur une succursale du Festival de Cannes, mais version bas de gamme. Je me suis présenté et j'ai détaillé mon rôle et ses spécificités. Les sourires se sont crispés, une forme de gêne s'est installée. Un homme a osé un résumé pragmatique de la situation.

— Il fallait bien quelqu'un pour le rôle en même temps.

Et une autre actrice d'ajouter :

— Sinon y avait plus d'histoire.

Ils ressemblaient à des professeurs d'établissements sensibles de banlieue parisienne. Les femmes portaient des hauts rayés et buvaient du café dans de grandes tasses qu'elles tenaient à deux mains pour se réchauffer. Les hommes avaient des chaussures de ville avec le bout carré, des pantalons de toutes les couleurs, des petites épaules, des tics avec leur bouche et des bracelets de leurs mômes au poignet. D'une voix nasillarde, ils égrenaient leurs références, toutes plus minables les unes que les autres et pourtant sensiblement supérieures aux miennes. Certains s'étaient déjà croisés sur des tournages dans la région, les personnages principaux étaient arrivés plus tôt dans la semaine et avaient déjà tourné plusieurs scènes. J'étais la seule véritable inconnue au sein du troupeau.

— Et toi, tu tournes un peu ?
— Quelques figurations, des courts-métrages et un petit rôle dans *Soleil sanglant, les mystères d'Arcachon*. Mais ça remonte à longtemps maintenant.
— La série de l'été sur TF1 ?
— Oui, après c'était vraiment un petit rôle, tout en pudeur.

Les regards ont changé, j'avais marqué des points. Si bien que je n'ai pas eu la force de préciser la nature de mon rôle (un cadavre) et faire à nouveau tomber le fragile château de cartes que constituait mon ego. J'ai continué d'échanger quelques banalités, en particulier avec les acteurs qui me donnaient la réplique. Celui qui jouait le père Duplantier s'est avancé vers moi.

— *Soleil sanglant*, c'était pas rien, tu peux être fier.

J'ai essayé de minimiser l'impact réel que j'avais pu avoir sur la série, mais le père Duplantier a pris ça pour de la modestie.

— Toi, t'es doué, je le sens. Notre première scène ensemble, je te sermonne sur la manière de nettoyer le sabot des chevaux. Je te préviens au cas où tu connaîtrais pas ma réputation…

Il a marqué un temps d'arrêt, je ne savais pas si c'était mon tour de parler.

— Tu la connais ? Ma réputation ?

— C'est-à-dire que je ne tourne plus trop, alors…

— J'ai un jeu latin. J'en fais des caisses. J'emmerde le réal'. Hier il m'a dit « tu surjoues ». Mais moi faut que ça pète, que ça crache, donc reste bien sur tes appuis, parce que je vais aller te chercher là où t'es pas. Je vais te coller comme un drap-housse. Et faudra pas rendre les coups. Parce que tu joues un taiseux. Un mongolien qui pipe rien à rien, mise à part la jupette d'une gamine de treize ans.

— Je vais me faire discret.

Il a aplati la paume de sa main contre ma nuque, a rapproché mon front du sien, jusqu'à les coller l'un contre l'autre. On était dans un rite initiatique, quelque chose de très viril, très rugby-compatible. Son haleine empestait le Picon, il n'était pas encore 11 heures, sa grosse main m'anesthésiait la nuque.

— Écrire l'histoire, c'est de ça qu'il s'agit. C'est de ça qu'il s'agit, mongolien.

— Et rien d'autre.

— Boucle-la.

On a été interrompus par l'assistante venue nous chercher alors que l'étreinte commençait à devenir éprouvante. En passant, elle avait eu la délicatesse de me prévenir que tout était arrangé pour ma grand-mère et Michel. Ils étaient assis dans un coin avec une vue imprenable sur les scènes qui allaient se tourner dans la ferme. À savoir, directement sur le set, avec l'équipe. On avait apporté de l'eau à ma grand-mère, Michel ne cessait de lui parler à l'oreille.

— Filez à l'habillage.

Je suis allé me changer, tous les autres avaient des habits simples, sobres. En adéquation avec le décor rural qu'exigeait le scénario. En revanche, on avait cru judicieux de m'affubler d'une salopette orange. Pas de l'ocre, pas du roux, pas du cuivre ni du tanné. Orange.

— Ça ne fait pas un peu détenu d'une prison de l'Illinois ?
— C'était une exigence du réal'.

Je n'ai rien dit et j'ai enfilé ma salopette devant le regard moqueur des accessoiristes et des autres acteurs. Je n'avais pas encore croisé le réalisateur mais le peu que j'avais pu entrevoir de son équipe me laissait perplexe et ce choix vestimentaire n'arrangeait rien. Je n'ai pas été déçu. Quand tout le monde a été réuni, un régisseur a reçu le signal de la part de la scripte pour aller le chercher. Il est allé taper à la porte d'une caravane toute moisie qui lui servait de loge. Tout le monde regardait la scène comme s'il s'agissait de la première allocution d'un président de la République. Un petit jeune, pas encore la trentaine, est sorti de là, en peignoir, avant d'aller s'asseoir à côté de l'assistant réal', sans dire un mot.

C'était l'heure de ma première scène, dans la ferme, je devais nettoyer le sabot d'un cheval avec le père Duplantier, son jeu latin et mon déguisement de carotte. Je n'avais jamais approché un cheval de ma vie, moi j'étais plutôt poney, et encore, la partie théorique. J'ai voulu le mentionner mais personne ne semblait disposé à m'écouter. Soudain, la pression s'est mise à grimper, j'ai regardé autour de moi, il y avait vingt personnes de l'équipe technique, une dizaine d'acteurs, dont les deux enfants, Michel et ma grand-mère, un cheval et un réalisateur en peignoir. C'était mon premier rôle avec du texte, ma grand-mère, qui se trouvait en face de moi, m'imaginait jouer un médecin de campagne dépêché en urgence pour accoucher une jument. J'ai imaginé que la vie m'en voulait pour quelque chose et que le tonnerre n'allait pas tarder à gronder pour m'aider à ne pas l'oublier. L'assistant réal' a demandé le silence sur le plateau. Peu après, j'ai entendu le fameux « action » que j'avais attendu depuis si longtemps. J'ai essayé de saisir la patte du cheval, mais je n'y suis pas parvenu. J'ai très rapidement été interrompu par un autoritaire « coupez ! ».

– C'est bien d'avoir l'air con et de pas savoir manipuler le cheval, mais là t'es censé savoir le faire, donc fais-le. On reprend.

Le père Duplantier était en train de bouillir, il n'avait qu'une hâte, intervenir dans la scène et m'en mettre plein la vue en venant me chercher là où je n'étais pas tout en me collant comme un drap-housse. Le souci, c'est que je ne faisais pas semblant de ne pas savoir manipuler le cheval. Je l'ai chuchoté à l'oreille du père Duplantier.

— Caresse-lui le cul, essaye de lui lever la patte au moins trois secondes, et j'interviens.

Deuxième prise. J'ai pris mon air « benêt et absent » comme indiqué sur ma fiche et je me suis approché du cheval en louchant – initiative personnelle saluée à l'unanimité – avant de lui caresser la croupe et de saisir une de ses pattes. L'animal n'a pas bronché, et Duplantier est intervenu pour prendre le relais avec une énergie remarquable malgré le Picon. Un tourbillon, une Napolitaine trompée, une furie incontrôlable. Il gesticulait dans tous les sens, crachait, m'invectivait, stressait le cheval, hurlait, sortait du texte, de la scène, du champ. L'assistant réalisateur l'a repris plusieurs fois, sans mâcher ses mots. Le ton est vite monté entre les deux.

— Pourquoi tu prends un accent italien, putain de bordel à bite ?

— Je prends pas un accent italien, je roule juste un peu les « r ». T'as un problème avec ça, facho de merde ?

— Fais des « r » normaux. Et des « u » qui se prononcent « u ». T'es tourangeau, pas italien.

Je regardais ma grand-mère. Elle se trouvait à quelques mètres de moi, innocente et sage, les mains posées sur ses genoux, concentrant ses dernières forces pour essayer de m'apercevoir, de m'entendre. De comprendre quelque chose dans ce « putain de bordel à bite ». Elle était belle, au milieu de cet absurde foutoir, de ce film ridicule, entourée de machinos et de régisseurs qui lui soufflaient d'épais nuages de gitanes brunes au visage. J'étais fier de ce qu'elle était, fier qu'elle soit présente.

On a finalement pu tourner la scène. Et les deux suivantes. Je faisais tout en une prise, mon seul et unique loupé, je le devais à ma méconnaissance du métier de maréchal-ferrant. L'entretien des sabots et les scènes de passion amoureuse constituaient mes seules failles. Je recevais des compliments des autres acteurs et de l'équipe technique, paradais avec fierté, rehaussais ma jauge de confiance en moi.

— T'as un don pour jouer le con. Souvent, dans ces rôles, les mecs forcent le trait. Toi, t'es plein de justesse. On sent que c'est naturel.
— Merci.

En début d'après-midi, le réalisateur a demandé une pause pour pouvoir jouer de l'harmonica dans sa caravane, j'en ai profité pour passer un peu de temps avec Michel et ma grand-mère.

— Elle croit que tu joues un médecin. Elle est fière, surtout que ta salopette orange, c'est la seule chose qu'elle aperçoit. Tu te débrouilles bien.

Ma grand-mère ne voyait pas d'inconvénient à ce qu'un médecin intervienne en salopette orange, tout se passait à merveille. La magie semblait même opérer avec Michel. Je l'avais vu échanger quelques mots avec la scripte. Elle avait tout pour lui plaire. Discrète, un stylo greffé dans la main, la petite cinquantaine, un passif compliqué avec la nourriture. Je le sentais heureux. Je me suis penché près de l'oreille de ma grand-mère.

— Tu es contente d'être là ?
— Oh que oui. Tu fais un bon instituteur.
— Docteur, mamie, je joue un docteur.
— Oh que oui.

Je lui ai donné la main, au loin on entendait l'harmonica, le reste de l'équipe fumait des cigarettes en mangeant des hot-dogs surgelés. J'appréhendais un peu à l'idée de jouer l'avant-dernière scène. C'était le moment où mon personnage faisait des avances à la petite. Comme le film était destiné à une chaîne régionale et que le public se voulait familial, le réalisateur et son équipe avaient décidé d'éluder un peu la scène en elle-même. On voyait la petite de la famille Bouvard entrer dans la ferme pour venir chercher le fils Duplantier et aller nourrir les lapins avant de manger des bonbons dans leur cabane. Puis ressortir en hurlant quelques instants plus tard, alors que mon personnage, Gildas, essayait de la retenir avant de se prendre les pieds dans son infâme salopette orange. Je commençais à douter du rôle que je venais de décrocher.

Un acteur doit savoir opérer une distanciation avec son personnage, mais aussi être capable d'en saisir les subtilités et de s'en imprégner pour l'incarner au mieux. Là, j'avais du mal. Personne ne m'appelait Alain et je pouvais l'entendre. J'étais venu en renfort, pour une journée, d'autres scènes s'étaient jouées sans moi et il en serait de même d'ici la fin du tournage.

Mais on ne m'appelait pas Gildas pour autant. Ni monsieur. Tout le monde donnait dans du surnom plus direct : « le con », « la burne », « le déviant », et tout le monde savait de qui il s'agissait lorsqu'on mentionnait ces sobriquets peu reluisants, moi le premier. Tout cela commençait à me peser et nuire à mon approche de Gildas. Depuis mes premiers instants devant la caméra, mes talents d'acteur se chargeaient de faire remonter l'estime des gens à mon égard, mais il fallait que je frappe un grand coup pour être respecté. Lors de la scène à venir, mon personnage devait poursuivre la petite et se prendre les pieds en essayant de la retenir, avant de tomber au sol « comme une merde », selon les mots de la feuille de service. Je n'étais jamais tombé pour de faux.

Quand on a été en place, le chef opérateur s'est pris la tête avec le petit chauve, son cadreur. Il lui a reproché ses directives envers l'équipe lumière, sa lenteur d'exécution et les contraintes liées à sa vessie.

— Pour pisser aux quatre coins de la ferme, y a du monde, mais quand ça devient technique, y a plus personne.

Le petit chauve est rentré dans une colère noire, avant de quitter le tournage dans la stupéfaction générale. Le réalisateur ne quittait pas son peignoir, je ne l'avais pas entendu prononcer la moindre phrase à voix haute depuis qu'il était sorti de la caravane. Il se contentait de se caresser le torse en mangeant du raisin blanc. De temps en temps, il chuchotait des choses à l'oreille de la scripte et de son assistant qui, eux, relayaient les informations aux personnes concernées. L'assistant réal' a pris la parole, et s'est adressé au chef opérateur :

— Qu'est-ce qu'il lui prend, à ton cadreur ?
— Il est amoureux de moi et il est mauvais, voilà ce qu'il lui prend. Mettez-moi plus de lumière et on repart.

Étrangement, le calme est revenu sur le plateau, les ajustements ont été faits et tout le monde a repris sa place. Ma grand-mère essayait de deviner ma silhouette mais je savais qu'au mieux elle ne voyait qu'une gigantesque citrouille plongée dans un néant d'obscurité. Michel continuait d'être ses yeux et ses oreilles, ça m'a donné de la force.

La petite Bouvard est venue me trouver juste avant qu'on commence et m'a dit de ne pas m'inquiéter. Elle devait être au collège, tout juste. Pourtant, niveau bienveillance et professionnalisme, elle enterrait déjà tout le monde sur le plateau.

— Ça va bien se passer, ne soyez pas stressé, Alain.

Elle était même la seule à connaître mon prénom. J'aurais pu l'adopter sur-le-champ. Par sa faute, j'ai eu envie d'avoir des enfants. Je l'ai regardée et je l'ai remerciée. Je n'avais jamais vraiment réfléchi à l'idée de ne pas en avoir eu. Je n'en avais jamais trop côtoyé au cours de ma vie, ce qui m'avait aidé à ne pas nourrir de regrets. Ceux que je croisais ne faisaient rien d'autre que brailler et geindre en perçant des boutons dont le pus n'aurait pas pu être contenu dans une citerne agricole. Les enfants étaient bruyants, les adolescents sentaient mauvais et les jeunes adultes coûtaient une fortune en traitement contre les chlamydias et en logements étudiants. Je n'avais jamais envisagé d'autres possibilités. De temps en temps, je fantasmais sur l'idée de me retrouver à table avec mes deux filles lesbiennes, dans une maison en Lozère, à l'ombre d'un cyprès, avec du rosé honteusement frais posé sur une table de jardin.

Dans cette projection, j'ai soixante-cinq ans et une carrière fournie qui me permet de vivre de façon convenable. Mes filles sont adultes, heureuses, fières de moi. Nous discutons de la vie. J'aime cette idée, mais toutes les étapes qui la précèdent m'angoissent, et m'ont toujours angoissé.

Cette jeune actrice en herbe et ses mots rassurants chamboulaient pas mal de choses. J'aurais été fier d'être son père. Au point de l'aimer enfant et adolescente, chiante et insolente, fragile et trop sûre d'elle.

Je suis allé dans la ferme. Elle devait y entrer, la caméra ne la suivait pas. Et quelques instants plus tard, le plan changeait et on la voyait ressortir avec moi à ses trousses.

— Action !

J'ai entendu la petite se rapprocher en appelant le fils Duplantier, puis elle est entrée dans la ferme et m'a lancé un regard complice avant de me chuchoter les consignes :

— Je pars en courant dans dix secondes et vous vous essayez de me rattraper avant de tomber.

— C'est noté.

À peine avais-je eu le temps de lui répondre qu'elle a tourné les talons et s'est mise à courir en hurlant et en pleurant. Elle jouait tellement bien que j'ai eu peur, l'espace d'un instant, que les autres pensent que je lui avais vraiment fait du mal. Je l'ai poursuivie devant la grange en essayant de lui agripper l'épaule et j'ai mimé une chute qui frisait la perfection. C'est là que j'ai improvisé. Alors que je devais me contenter de tomber et d'adopter l'air « benêt et prostré », j'ai décidé de prendre une petite liberté dans le texte. Ajouter une tirade au moment de me relever. Apporter une certaine profondeur au pauvre type dont j'empruntais la peau le temps d'une journée. J'envisageais de sauver Gildas, le film et moi-même en une seule réplique. Je me suis mis à hurler au sol avant de me mettre à genoux et d'implorer le ciel. Je voulais que mes filles soient fières de moi sous ce grand cyprès en Lozère.

— Pourquoi personne me comprend, pourquoi personne m'aime, pourquoi personne veut être mon ami ? Je veux juste des amis !

Je changeais la donne. Mon personnage me dégoûtait, mais avec cette tirade, je le magnifiais. Je n'en faisais plus un prédateur sexuel mais un homme prisonnier d'un cerveau d'enfant, qui ne demandait rien d'autre que l'élaboration d'une cabane avec des amis. J'ai senti la stupéfaction sur le plateau, mais j'avais la profonde conviction que je venais d'accomplir quelque chose de grand, sans pour autant sortir du domaine de compétences de Gildas et lui attribuant un style dépourvu de toute forme de lyrisme.

— Coupez !

Le chef opérateur a plongé sa tête dans ses mains. L'assistant réal' s'est levé de sa chaise.

— Mais qu'est-ce que tu nous fais ? C'est pas dans le texte, ça ! V'là que les remplaçants récrivent l'histoire maintenant. Tu pourchasses la petite parce que t'es un déviant, tu te casses la gueule, et tu fais ce que tu fais de mieux, tu prends ton air d'abruti. Allez, on la refait.

J'ai regardé en direction de ma grand-mère, je me demandais bien ce que Michel pouvait lui dire à l'oreille. Tout le monde me regardait comme si je venais de gerber dans un cercueil. Je me suis relevé pour retourner dans la ferme mais la scripte a pris la parole. C'était une femme fluette, avec une voix délicate et un regard timide. Voire fuyant.

— Il a raison, c'est mieux comme ça. Gildas, au fond, c'est juste un môme, il n'est pas sexualisé, il veut juste être ami avec les deux enfants. Son arrestation donnera une impression d'injustice, son personnage va créer de l'empathie.
— C'est des conneries ! Il se casse la gueule, il fait le con et ça s'arrête là.

C'était au réalisateur de trancher, il s'est levé, le peignoir lui allait bien, rien à redire là-dessus.

— Le remplaçant et Mélanie ont raison. Si la prise est bonne, on la garde. Pause pour tout le monde, qu'on m'apporte mon peignoir beige dans ma loge. Pas celui en satin, il me fait des plaques rouges.

Le chef opérateur est venu me trouver, j'étais persuadé d'en prendre pour mon grade.

— Après tout, moi, mon domaine c'est l'image, rien que l'image. T'es burné, Alain, t'es burné.

Il venait de m'appeler par mon prénom. On avait affaire à une chose banale, mais pour moi, il s'agissait d'un accomplissement. D'une victoire. J'ai essayé de ne pas le montrer pour avoir l'air d'un homme que le succès accompagnait toujours en vadrouille. Avoir l'air d'un homme que tout le monde appelait par son prénom.

— Et pour ton cadreur, tu crois que ça va s'arranger ?
— L'amour ça ne s'arrange jamais.

J'ai aperçu Michel et la scripte qui discutaient. Il était métamorphosé, presque séduisant. Ma grand-mère était assise sur sa chaise, sage comme une apprentie religieuse. Je me suis approché d'elle et j'ai collé ma bouche contre son oreille.

— Tu veux quelque chose ?
— Non, je suis bien, là.

— Tu m'as entendu jouer ma scène ?
— Non merci, Alain, j'ai tout ce qu'il me faut.

Je n'ai pas insisté. Elle me tenait les mains, c'était notre rituel, il signifiait « je ne comprends rien, mais je suis contente », ça m'allait très bien. Cette journée avait quelque chose de fantastique, d'intemporel. Je suis resté avec elle jusqu'à ce que la pause soit terminée. L'harmonica venait apporter une touche de poésie. D'autres petites scènes se jouaient, l'assistant réal' faisait la gueule, il ne supportait pas d'avoir été déjugé. La porte de la caravane s'est ouverte, le grand patron en est sorti, moulé dans un nouveau peignoir. Celui-ci lui allait encore mieux que le précédent, c'en était insolent de facilité.

Gildas devait se faire arrêter devant l'école du village. Dans la version initiale, le but était de le rendre irrécupérable, mais avec ma tirade, cette action devenait tout autre et montrait qu'en réalité, c'était juste un homme qui se cherchait des amis, sans se rendre compte du décalage entre lui et les enfants. J'avais fait grandir ce rôle alors que la marge de manœuvre était infime. J'étais fier de moi, mais surtout heureux pour Gildas.

Quand nous avons tourné la dernière scène et que les gendarmes sont venus m'arrêter devant l'école, la petite, la fille Bouvard, est venue s'interposer. Ça non plus, ça n'était pas dans le texte. La gamine avait compris les nouveaux enjeux et la réalité du quotidien de Gildas. Elle hurlait aux policiers que Gildas n'avait rien fait, qu'elle avait eu peur mais qu'il n'était pas méchant et qu'il voulait seulement se lier d'amitié avec eux. Pris dans la frénésie imaginative, le petit Duplantier lui avait emboîté le pas, c'était indescriptible. Une improvisation digne des plus grands. Sur le plateau, personne n'osait la moindre remarque, la caméra continuait de tourner. Les gendarmes, malgré les supplications des deux enfants, m'ont emmené dans leur fourgonnette, j'adoptais mon air « benêt et perdu » comme prévu. La scène s'est terminée, le silence s'est invité sur le plateau. Personne n'osait rien dire.

Le réalisateur s'est levé, il a caressé son peignoir pour en ôter les plis et il s'est adressé à son équipe :

— On tient un grand film.

Le régisseur que j'avais croisé le matin avec sa clope au bec, son interminable cendre et son T-shirt trop court a voulu lancer des applaudissements, en commençant un rythme très espacé. D'abord, personne n'a vraiment compris, certains ont cru qu'il chassait une guêpe. Devant son insistance, Michel s'est levé à son tour et s'est aussi mis à applaudir. Le père Duplantier a fait la même chose, puis les machinos, la scripte, pour finalement contaminer l'ensemble du plateau et donner lieu à une incroyable ovation. Les gens venaient me féliciter, on saluait le courage de ma prise d'initiative. J'ai aperçu Michel qui échangeait encore avec la scripte, je n'ai pas voulu l'interrompre.

On m'a libéré en fin d'après-midi. On me tiendrait au courant pour la suite. J'ai réuni ma famille, la seule qui comptait, et j'ai salué mes collègues d'un jour.

Le père Duplantier est venu me trouver, il ne sentait plus le Picon, c'était plutôt le Picon qui sentait le père Duplantier. Il a saisi ma nuque de sa grosse main, de façon à coller son front contre le mien. Notre petit rituel rien qu'à nous. Il m'a regardé dans les yeux comme il a pu, nos rétines étaient séparées d'un demi-centimètre.

— Eh bah voilà Alain, on a écrit l'histoire, tu vois que c'était pas si compliqué.
— Merci pour le coup de main avec le cheval.
— C'était pas grrrand-chose.

Il a roulé les « r » comme l'aurait fait un paysan calabrais avant de me tourner le dos pour retourner vers la personne chargée des boissons. Michel aidait ma grand-mère à marcher, je n'ai rien osé lui demander concernant la scripte. La Fuego nous attendait, elle ne m'était jamais apparue si majestueuse.

17

J'ai mis la radio, le son était de qualité moyenne, mais la Fuego n'avait pas tous les torts, la réception n'avait jamais été bonne par chez nous. Le visage de ma grand-mère était radieux, même Michel semblait détendu, comme délivré d'un poids. La journée avait été sublime. La radio grésillait encore un peu, je tournais le bouton et tentais d'immobiliser le petit curseur rouge avec précision dès qu'une station semblait accessible. C'était un travail d'horloger et il fallait toute la minutie du monde pour pouvoir écouter une chanson. Je suis parvenu à capter une station de façon à peu près convenable et je n'ai plus touché à rien.

Les paysages défilaient. Quelques petits bourgs au milieu des champs, un franc soleil qui partait se coucher derrière la ligne de l'horizon, le ciel était tout rose. Ma grand-mère avait les mains sur ses genoux, comme à l'aller. J'ai parlé à voix basse à Michel :

— Elle est heureuse de sa journée. On a fait quelque chose de bien.

Je le regardais dans le rétroviseur, son regard se perdait de l'autre côté de la vitre, au milieu de ces plaines vides de tout, dans lesquelles il semblait enfin trouver quelques réponses. Ma grand-mère ne se souvenait plus de rien. Ou presque. Elle finirait aussi par oublier son envie d'en finir, elle finirait par oublier qu'elle oublie.

Je quittais la route des yeux pour l'observer. Les rides de son cou, ses yeux usés de vieille.

La radio était presque de bonne qualité désormais, j'ai augmenté le volume. Passait une chanson de Charles Trenet, un classique que j'avais appris à l'école. Je fredonnais les paroles :

« *C'est l'amour, bonjour, bonjour les demoiselles.* »

Ma grand-mère ne bougeait pas, comme ancrée dans son siège. Elle avait toujours ses mains sur les genoux, semblait flotter en dehors de son corps. Mais elle s'est mise à chanter. Comme un vieux réflexe enfoui quelque part et qui venait rejaillir des profondeurs abyssales de sa mémoire.

« *Y a d'la joie, partout y a d'la joie.* »

J'hallucinais. Le son était moyennement fort, elle oubliait tout, chaque jour, et là elle avait entendu la radio, s'était souvenue des paroles de la chanson de Charles Trenet. « *Y a d'la joie, partout y a d'la joie.* » Michel s'est redressé et s'est penché vers sa mère pour lui parler. Un seul mot.

— Maman ?

Il venait de l'appeler maman. C'était la première fois que je l'entendais dire « maman ». Je me suis retourné pour croiser son regard, pour lui faire comprendre que j'étais là moi aussi, que j'avais entendu toute sa souffrance, que je l'avais entendu dire « maman ». Je voulais qu'il sache qu'il était guéri. Qu'on pourrait se voir de temps en temps, partir en Dordogne. Écrire, échanger, relativiser les disparités anatomiques des différents êtres humains et maudire notre famille d'ignares. Maman. Partout y a d'la joie.

Plus personne n'a parlé pendant la dernière heure de trajet. Ma grand-mère n'avait pas eu de réaction particulière après cette réminiscence aussi improbable que soudaine. Comme à l'aller quand elle s'était souvenue qu'elle avait mal aimé les hommes. Elle n'avait plus de filtre. Les choses lui venaient et sortaient sans être polies, pensées, réfléchies. Ni satisfaction ni quoi que ce soit d'autre que de la spontanéité.

Parfois, la vie ne vous donne rien pendant des années, des décennies. Pas un trèfle à quatre feuilles, pas un Noël sous la neige, pas un billet de banque retrouvé dans une vieille veste. Aucune satisfaction, pas la moindre victoire, rien à manger pour l'ego. Elle ne vous donne tellement rien que vous pensez qu'elle vous a oublié. Vous êtes sous le porche d'une gare de province, un soir, et il pleut des cordes. Vous êtes trempé, il fait froid, vous êtes seul, le dernier bus vient de passer. Même un clébard ne viendrait pas vous tenir compagnie. Et alors que vous ne l'attendez plus, elle vient vous éclairer dans la nuit de ses phares emplis d'espoir. Elle fait ça pour tout le monde. Certains sont devant les pleins phares chaque journée, d'autres – la majorité – doivent se contenter de brefs faisceaux, d'éphémères éclaircies. Mais la vie finit toujours par revenir chercher les oubliés sous les porches des gares de province.

Nous sommes arrivés devant les *Magnolias* juste avant la fermeture. La petite jeune avec les vilains ongles était à l'accueil, elle n'avait pas réussi à s'échapper, elle finirait par travailler ici toute sa vie. J'ai proposé à mon oncle de m'attendre dans la voiture le temps que j'aille coucher ma grand-mère, pour ensuite le déposer chez lui. On aurait l'occasion de discuter, de manger un sandwich aux flageolets avec du beurre, c'était un plat qui convenait bien à un nihiliste-dépressif en voie de guérison.

— Laisse, je vais la coucher moi-même, et je rentrerai à pied.

J'ai marqué un temps d'arrêt, je l'ai regardé à travers le rétroviseur intérieur. Ma grand-mère avait encore ses mains posées sur ses genoux, je les ai prises, elles ont fusionné avec les miennes et je les ai embrassées plusieurs fois pour lui dire au revoir. Michel est sorti de la Fuego, il est venu lui ouvrir la porte. Je l'ai vu lui donner le bras pour la guider, tout doucement, avec ce qu'un fils pouvait montrer de tendresse à sa vieille mère. Il l'emmenait se coucher.

J'ai réalisé qu'il n'était pas tout à fait 20 heures. J'ai pensé que Rosie n'était peut-être pas encore partie. Les journées s'allongeaient. J'ai regardé une dernière fois dans leur direction, les portes automatiques se sont refermées derrière eux. J'ai démarré la Fuego, la lumière semblait éclairer mon chemin, au moins pour ce soir, et j'avais envie d'en profiter.

Imprimé en Espagne par
Liberdúplex
à Sant Llorenç d'Hortons (Barcelone)
en décembre 2020

La photocomposition de cet ouvrage
a été réalisée par
GRAPHIC HAINAUT
30, rue Pierre Mathieu
59410 Anzin

POCKET – 92, avenue de France - 75013 Paris cedex 13

S31055/01